生への情念を探る

――もうひとつの額田王論――

宮地たか

Taka Miyaji

文芸社

はじめに

『情念の哲学』は私の最初の著作である。時が熟せば一冊にまとまるようにその第四章に「額田王 —— 私論」を組み入れておいた。しかし私の本業は、宗教や倫理、哲学などの基礎教養であり、教壇に立って教える立場を離れることが出来ず、そのために額田王論は脳裏の片隅に置かれたまま放置されてあった。

そもそも万葉の世界に足を踏み込むきっかけを与えてくれたのは学生たちとのふれあいを基調とするゼミであった。ある学生の口から突然に、「西洋哲学もいいけど、大和にきて勉強するのだから、万葉びと、例えば額田王についての万葉女性論のような傾向のを取りあげてほしいなあ」という予期しない発言があった。この指摘に驚愕した私は、それまで手をつけるのを躊躇していた万葉研究に着手する決意をしたのである。

まず歌の意味を再検討してできる限り万葉ゆかりの地を探訪する、このようにして

2　額田王の歌 ―― 編集と作歌の順序への整理 ――

編集の順序に従って額田王の作歌を整理してみれば、
1「秋の野の　み草刈り葺き……」（一－7）
2「熟田津に　船乗りせむと……」（一－8）
3「莫囂圓隣之　大相七兄爪湯気……」（一－9）
4「冬こもり　春さり来れば……」（一－16）
5「味酒　三輪の山……」（一－17）
6「三輪山を　しかも隠すか……」（一－18）
7「茜さす　紫野ゆき……」（一－20）
8「古に　恋ふらむ鳥は……」（二－112）
9「み吉野の　玉松が枝は……」（二－113）
10「かからむの　懐《こころ》知りせば……」（二－151）
11「やすみしし　わご大君の……」（二－155）
12「君待つと　わが恋ひをれば……」（四－488、八－1606）
以上、長歌三首、短歌九首（除再出一首）で、計十二首である。

はじめに

『情念の哲学』は私の最初の著作である。

その第四章に「額田王 —— 私論」を組み入れておいた。時が熟せば一冊にまとまるように内容を充実させたいといつも願っていた。しかし私の本業は、宗教や倫理、哲学などの基礎教養であり、教壇に立って教える立場を離れることが出来ず、そのために額田王論は脳裏の片隅に置かれたまま放置されてあった。

そもそも万葉の世界に足を踏み込むきっかけを与えてくれたのは学生たちとのふれあいを基調とするゼミであった。ある学生の口から突然に、「西洋哲学もいいけど、大和にきて勉強するのだから、万葉びと、例えば額田王についての万葉女性論のような傾向のを取りあげてほしいなあ」という予期しない発言があった。この指摘に驚愕した私は、それまで手をつけるのを躊躇していた万葉研究に着手する決意をしたのである。

まず歌の意味を再検討してできる限り万葉ゆかりの地を探訪する、このようにして彼女たちと歩き廻っている間に、私はいつしか万葉世界に限りなく魅せられていった。その結果誕生した最初の成果が「額田王 —— 私論」である。この拙文が刺激になって、その後も細々と絶やすことなく万葉研究を継続させ、関連する論文もその後二、三加えてきたのであるが、いずれも不十分なままで、未熟な思いから免れることが出来ずに今日にいたっている。そこで職場を離れたのを機会に「額田王 —— 私論」を再考し、『生への情念を探る——もうひとつの額田王論——』として、後の研究論文を挿入して、ここに一冊の本にまとめることにしたのである。

まずは『情念の哲学』の第四章の記述に多少の修正を加えて再出することから始めようと思う。

額田王の念持仏とされ、石位寺に安置されている
国重要文化財・伝薬師三尊像（石彫三尊像）

粟原寺三重塔伏鉢。談山神社蔵、奈良国立博物館委託。

目次

予備的考察

1　難訓歌について

『万葉集』のなかには難訓歌としていまだに定訓のない歌がある。額田王の九番歌もその一つで、難解性は『万葉集』中随一と言われる。万葉研究に私が足を踏み入れた動機の一つが、この難訓歌に出合ったからのように思われる。とにかく、江戸前期に始まって今日にいたるまでに五十幾種類も異訓があって、それぞれに微妙な差異があり、定訓がないというから驚嘆に値する。

このようになると大抵は、あまり深く立ち入って考えず、謎を残したままのほうが賢明な方策と見做されるようになる。ところで、「難解」といわれると、その時から逆にそれをなんとかして解き明かしてみたいと意欲をもちはじめたのは、私に多少なりとも哲学的態度があったからなのかもしれない。私の専攻は哲学で、卒論にハイデッガー（1889～1976）を扱った。ハイデッガー哲学にはどこか捉えどころのない難解なところがある。試問のとき、何故に難解なハイデッガーを扱ったのかと教授に質問された。難解だからなんとなく挑戦してみたかったのですと、生意気に答えて苦笑されたことが忘れられない。この性格は、いまだにいささかは持続しているらしい。

さて額田王の難訓歌に挑戦するとはいえ、五十幾種もの解釈があるうえに更に一つを付加するということではなく、これまでの訓解のうちから特に一つを選択する方法を採用してみてはどうかということである。それは作者の内面性を探る操作であって、この主体的思考を最初に哲学に導入したのがデンマークの実存哲学者ゼーレン・キェルケゴール（１８１３〜１８５５）である。「主体性が真理である」と彼は提唱する。

彼によれば、ものごとの研究に当たって、その事柄について、それが「何」であるかを知るばかりではなく、主体がそのものに、どのように、「如何に」関わっているかを問うこと、すなわち対象への内面性のパトスを問題にしたのである。彼のこの態度は、とりわけ宗教的なものについての内面性が問われる次元において意味をもったのであるが、この思考法を万葉歌についても適用してみてはどうかと考えてみた。

ある歌が何について歌われたものかを問題にするのが、第一に重要なことはいうまでもないが、同時に作者自身の、その歌への主体的、内面的関わり方、つまり作者の心、あるいは生き方を問う仕方の研究態度がとられてもよいのではないか。全体として歌が何について言われているかの定説（訓読）が未確定な場合においても、なんらかの仕方で作者の、その歌への内面的関係を追究することによって、作者の心を探る。それによって妥当な解釈を選択してみてはどうか、ということである。そもそも、かの難訓歌は、額田王のどのような内面性を秘匿しているであろうか。この九番歌に関していえば、額田王の他の諸作品、さらにその背景をなす人間関係、歴史的出来事などを探索しているうちに、おのずからにして難訓歌の意味についての、あるイメージが私なりに出来上がってきた。そこで、「額田王 —— 私論」では難訓歌の解釈を出発点としたのであるが、ここでは額田王の作歌年次に応じて、順次にその生涯の足跡に関心をたぐりよせて取り上げていくことにしよう。

2　額田王の歌 ―― 編集と作歌の順序への整理 ――

編集の順序に従って額田王の作歌を整理してみれば、

1「秋の野の　み草刈り葺き……」（一－7）
2「熟田津に　船乗りせむと……」（一－8）
3「莫囂圓隣之　大相七兄爪湯気……」（一－9）
4「冬こもり　春さり来れば……」（一－16）
5「味酒　三輪の山……」（一－17）
6「三輪山を　しかも隠すか……」（一－18）
7「茜さす　紫野ゆき……」（一－20）
8「古に　恋ふらむ鳥は……」（二－112）
9「み吉野の　玉松が枝は……」（二－113）
10「かからむの　懐《こころ》知りせば……」（二－151）
11「やすみしし　わご大君の……」（二－155）
12「君待つと　わが恋ひをれば……」（四－488、八－1606）

以上、長歌三首、短歌九首（除再出一首）で、計十二首である。

そのうち題詞と左注から推定して、高貴な方に代わって公的に詠んだものとせられる代作歌が四首（1、2、5、6）ある。この十二首を宮都の変遷を考慮して時代別に置き換えてみる（私見）と、次のようになる。

一、飛鳥宮時代：1、3、2、5、6

二、近江大津宮時代：7、4、12、10、11

三、飛鳥浄御原宮・藤原京時代：8、9

飛鳥は、今日高市郡明日香村に名を留めているが、古代ではもう少し広い地域をさしていた。万葉では両地名が出てくる。ここでは広域的な意味で飛鳥宮時代としてまとめておこう。

編集順序とは少し入れ替わっている。その点については、問題になった個所で触れることにしよう。周知の額田王については、この万葉歌十二首と『天武紀』二年二月の条があるのみなので、後者についてあらかじめここで取り上げておくことにしよう。

「天皇初娶二鏡王女額田姫王一、生二十市皇女一」。

「天皇、初め鏡王《かがみのおほきみ》の女《むすめ》、額田姫王《ぬかたのおほきみ》を娶《め》して、十市皇女《とをちのひめみこ》を生《な》しませり」と。この記載が天武紀二年にあるからといって、その時期のことではなく天武天皇の若き日の出来事、すなわち大海人皇子だった頃のことである。おそらく額田は十七、八歳と推定される。最近に手にした「額田姫王論」によれば、「初め」の語義に注目して、「天武元服の折の添臥《そいぶし》であった」可能性が考えられてもよいという。

したがって年齢もいくつか年長であったほうが妥当ではないかと。しかしこの指摘はあくまで推定に留まるもので従来の説に固執するならば、大海人皇子よりも額田姫王のほうが若くなる。額田王誕生の算定基準は「私論」で扱ったが、ここでも繰り返すならば、その手がかりを与える唯一の条件が十市皇女が産んだ葛野王《かどののおほきみ》にある。

葛野王について『懐風藻』は二首の漢詩を掲載しているが、それに先立って立派な人物評を伝えている。それによれば「王子は、淡海帝の孫であり、大友太子の長子である。母は浄御原帝の長女十市内親王。王は、器量が広大であって、風采、学識ともに秀逸にしてまた才能にすぐれていること、門地（血脈）は天子の親戚皇族を兼ねている。若くして学問を好み、経書と史書にも精通していた。文章を綴ることを好みて、併せて書画にも堪能であった。天武帝の嫡孫であって浄大肆《じょうだいし》を授けられ、治部卿を拝命していた」のであるが浄大四位というのは親王諸王の位階に属するので、地位としては最下位ということである。因みに河島、忍壁皇子は浄大参位であるから、王は決して優遇されていたとはいえないのではないか。それ故に、葛野王は持統帝への配慮も怠ることがなかった。

持統十年（６９６）七月に太政大臣高市皇子が薨後のこと、持統帝は皇族諸侯百官を宮中に召された。そして次期の皇太子に誰を立てるべきかについての意見を求めた。誰もが私情を心に抱いて、議論が紛糾するばかりであった。この時葛野王が進み出て上奏した。

「わが国では、神代より以来、子孫相受けて、天位を継ぐことになっている。もしも兄弟相続するならば、紛乱はここからして起こるであろう。天意は推測できないもの、人間関係から推して考えるならば、聖嗣（世継）はおのずからにして定まっている。とやかくよけいなことをいうべきではない[1]」

　これに対して、弓削皇子が異議をさしはさもうとしたので、葛野王が叱りつけた。そのため弓削皇子の意見は不発のままに終わったのである。この時持統帝は「その一言が国を定めたと、嘉《よ》みしたまひて」、葛野王を抜擢して正四位を授け、式部卿に拝命された。「時に年三十七」、というのであるがこの「時」が問題である。

『持統紀』『続日本紀』（以下『続紀』と略す）にも、葛野王に対する式部卿拝命の記載はないが、『続紀』の慶雲二年（７０５）十二月丙寅《ひのえとらのひ》（二十日）の条には、「正四位上の葛野王が卒した」とある。年三十七とはこの時ではないかとされる。それとは別に式部卿拝命にこだわるならば、『続紀』の大宝元年（７０１）の記録に官名と位号の制の改正があったことが記されている。石上麻呂、藤原不比等、その他重臣たちの昇格の記事が続き、その最後に「また諸王十四人と諸臣百五人についても、（従

著者／事項	澤　瀉	神　田	谷	生　方	著　者
額田王誕　生	舒明8年 636	舒明7 635	舒明3 631	舒明3 631	舒明6 634
十市皇女誕　生	白雉4年 653	白雉2 651	大化3 647	大化3 647	白雉2 651
大田・鸕野の二皇女を斉明3年（657） 大海人皇子の妃とする。　『紀』					

来の）位号を改めて位階を昇進させたが、それぞれの地位に応じて差があった」となっている。おそらく葛野王は諸王十四人のなかに入っているものと推定され、この時に三十七歳であった可能性がある。

このように「年三十七」を昇格時の大宝元年（701）にするか、死亡のときの慶雲二年（705）と見做すかで数年の誤差が出てくる。ここから逆算すると葛野王の誕生は、天智四年（665）か、天智八年（669）かである。後者の頃には額田王の蒲生野の歌、春秋判別の歌などがあって、歌人としての額田王の絶頂の時代ではなかったか。もし十市皇女が大友皇子との間に葛野王を産んでいたとすると、それは近江朝の最盛期といってよいであろう。時に十市皇女は十七、八歳になっていたと推定される。

この十市皇女を大海人皇子との間に額田姫王が産んだ時期が十六、七歳として逆算すると十市皇女の誕生は、孝徳天皇の白雉二年（651）頃。更に十六、七年逆算して、額田王誕生時を推定すると、それは舒明天皇の時代となって、推古女帝までは溯る必要はないと思う。初作の、「私論」では数人の研究者の説を参考にさせていただいた。ここでも再掲しておくことにしよう。

　額田王についても触れておかねばならない。

「天皇、初め鏡王の女、額田姫王を娶して……」とある。

「娶とる」というのは「妻として迎え取る」（『古語辞典』）の意味で天皇（大海人皇子）に積極的意志のあったことは否定できないであろう。したがって両者には、偶然の出会いを契機とするそこはかとないロマンの香が漂っているので、元服にまつわる儀礼的な解釈には同調できかねるところがある。ただ額田姫王の父である鏡王についての従来の説は、これまでも釈然としないものが残っていたので再考を要すると思う。

　これまで鏡王は、近江野洲郡にある「鏡の庄」の族長ではなかったかということ。「父の王は近江ノ国の野洲の鏡の里に住居れしによりて、鏡ノ王といへりと見ゆ」（『玉勝間』本居宣長）。『紀』によれば、垂仁天皇三年の春三月に、新羅の王の子、天日槍が帰化したことが記されている。「是に、天日槍、菟道河より溯りて、北の近江国の吾名邑《あなのむら》に入りてしばらく住む」とあって、その人々のうちで若干が近江国の鏡村に住んで陶人《すえひと》になったという。その一族は鏡山の麓に集落を形成していたようである。

数年前、その「鏡の里」を訪ねてみたが、額田姫王との関係を確証することは全く不可能であった。たしかに滋賀県の野洲郡と蒲生郡の境に標高三八五メートルの鏡山は美しく見えている。『紀』に記す吾名邑は、現在どこを指すのか分からないそうであるが、鏡山の北側山麓の小高い丘には、鏡山神社があった。鏡山の地名は、天日槍が携えてきた八つの宝物のうちから鏡を取って、山に埋めたことに由来しているそうであるが、これまでに鏡は発見されていないということである。仮に一歩譲って、この鏡山の麓に住む一族の長が鏡王であって、額田姫王の父であると想定した場合、彼女は何故に額田姫王なのであろうか。

これは彼女が母方の姓を名乗るからといわれる。母の存在は、父の鏡王以上に何も分かってはいないが、大和国平群郡に額田郷（現在大和郡山市額田部寺町）があったので、その地に住む女性が生母ではなかったかと推定されてきた。しかし近江の「鏡の庄の父」と大和の「額田郷の母」とでは、あまりにも遠距離恋愛ということになるのではないであろうか、との疑念が生ずるであろう。この点については一つの仮説を立ててみた。

現在の額田部郷は市街から離れ畑や田園に取り囲まれた片田舎であるが、古代はどうであったろうか。山本藤枝氏によって額田郷は水運に恵まれた土地柄ではなかった

光堂寺
椎木町
池沢町
八条町
西名阪自動車道
ひらはた
極楽寺
額田部北町
西町
光明寺
佐保川
額田部窯跡
岡崎
額安寺旧境内
近鉄橿原線
ファミリーこうえんまえ
初瀬川
大和川
吐田
磯城郡
川西町
下永
寺川
正念寺
西願寺
川西町役場
島の山古墳
ゆうざき

かと指摘されている。それは額田郷の東側を抱きかかえるように流れ込む佐保川と、南のほうからくる初瀬川の流れの二つが額田郷あたりで合流して大和川となって大阪湾に注ぎ込んでいる。さらに都合のよいことに、氾濫によって水害をうけるような低地ではなく台地をなしていただろうというのである。船が往来するに際しての重要な拠点をなした額田郷は、あたかも古代都市の賑わいを見せていたのではないであろうか。額田姫王の母親は額田郷の首長の女であった。近江から大和を訪れた鏡王の妻問いをうけたのではないか。これはあくまで筆者の幻想であるから、あるいは鏡作神社にゆかりの「大和の鏡王」を想定するのも興味深い着想ではあるけれど。

額田姫王の出自に関連して鏡王の身柄が問題になってこよう。すなわち「姫王」の称号をもつ皇孫女について、神田秀夫氏は七人を挙げている。舎人姫王、吉備姫王、上宮大娘姫王、倭姫王、額田姫王、鏡姫王、山背姫王であって、この外に名は挙げられないという。そして、額田、鏡姫王以外のすべての者は皇孫女に当たるということ。とすれば額田、鏡姫王の両者も皇孫女に属する女性と言わねばならないであろう。

ところで彼女たちが皇孫女に属するのは、鏡王を父とする（鏡姫王には異説あり）からである。ここで再び鏡王とは何者であるのかと問われねばならなくなる。ではあるが、今は、鏡王の実体は謎のヴェールに包んだままにしておかねばならない。

『天武紀上』に登場する額田姫王は、『万葉集』では額田王となって活躍する。この命名上の変容の理由と意図は不明であるが、同一の人物として、これまでに誰もが解釈してきたところである。あたかも同一人物の二つの顔を覗き見るような思いで、一人の女性をさまざまな角度から捉えようとしてきたものと理解される。

一つの顔は妻であり、母であるところの額田姫王、他は公的、もしくは私的にか、歌を詠み、教養のある優雅な歌人としての額田王の横顔を見つめてきたのである。そしてこの二つの顔は、彼女が拠って立つ「時」と「場所」において、相互に距離を置いてよそよそしい関係になる時もあれば、二つの顔が交錯し、立体的に重なって一枚の絵を描くような複雑多彩な様相を呈することもある。端的に言えば、この二つの顔が複雑に交錯すればこそ、古代における一人の女性が魅惑的となり、かつ輝きを放つことにもなるのである。以下このような意味で、額田王の歌を主題として、その背景に絡まる人間模様を追いながら、時代の流れに沿って取り上げてみよう（以下引用歌は岩波日本古典文学大系『萬葉集』及び中西進校注『万葉集』講談社文庫を軸に、その他の著者の校注『万葉集』を併用させて頂いた。特に近江大津宮の万葉歌については、万葉仮名の扱いについて親しみやすい形式の澤瀉久孝『萬葉集注釋』から転用させて頂いた。また引用歌及び古典からの引用文以外の本文は原則として常用漢字・仮名を使用したが、若干は例外のあることをご了承頂きたい）。

一、飛鳥宮時代

1

秋野の回想歌

明日香川原宮に天の下知らしめしし天皇の代
（天豊財重日足姫天皇《あめのとよたからいかしひたらしひめのすめらみこと》）

額田王の歌　未だ詳らかならず

秋の野《の》の　み草《くさ》刈《か》り葺《ふ》き　宿《やど》れりし
宇治《うぢ》の京《みやこ》の　仮廬《かりいほ》し思《おも》ほゆ　（一－７）

右、山上憶良大夫《まへつきみ》の類聚歌林《るいじうかりん》を検《かむが》ふるに曰はく、「一書《あるふみ》に戊申《つちのえさる》の年比良《ひら》の宮に幸《いでま》すときの大御歌《おほみうた》」といへり。ただし、紀に曰はく「五年春正月己卯《つちのとう》の朔《つきたち》の辛巳《かのとみ》、天皇、紀の温湯より至《かへ》ります。三月戊寅《つちのととら》の朔《つきたち》、天皇吉野の宮に幸《いでま》して肆宴《とよのあかりきこしめ》す。庚辰《かのえたつ》の日、天皇、近江《あふみ》の平《ひら》の浦《うら》に幸《いでま》す」といへり。

秋野の草を刈って屋根をふいて宿ったことのある、あの宇治の京の仮廬が懐かしいよ、といっているだけで、一見まことに平凡な歌のように思われる。しかしながら、左注にある『類聚歌林』、あるいは『紀』からの注釈を考慮すると、それら相互に内容のちがいがあるばかりでなく、さらに題詞との間にも齟齬が生じて[2]くる。とりわけ額田王の年齢とからんで、作歌年次の確定が曖昧になる。およそ三つの説が提示されてきたが、情況設定によって、それぞれに成立する可能性が出てくるので、諸説を参考にして大まかに捉えておくことにしよう。

まずは皇極天皇時代（642〜645）の作であるとの説がある。

ついで「明日香川原宮御宇天皇」の題詞を生かした解釈というのであるが川原宮は斉明天皇の一時期の仮宮殿である。孝徳天皇の崩御によって、皇極天皇が重祚し飛鳥板蓋宮で即位（655）されたが、この冬に板蓋宮が火事で炎上したため、飛鳥川原宮に遷られと『紀』にあるからである。題詞をそのように解する限り、七番歌は斉明天皇時代に詠んだものとすべきであろう。

憶良（660?〜733?）の『類聚歌林』の一書によれば、戊申の年に近江の比良の山に幸されたとき、旅の途中にある宇治の仮廬で詠まれたことになる。戊申の年は大化四年（648）に当たり、孝徳天皇の代になっている。けれど孝徳天皇は政務に追われており、難波長柄豊碕宮を離れるようなことはなかった。したがって大御歌は皇極太上天皇のことにちがいないと推定される。川原宮御宇天皇とは皇極太上天皇をいうのであると。

『紀』からの左注は斉明五年（659）のこととなる。「五年の三月一日、天皇は吉野においでになって、大宴会を催された。三日に天皇は近江の平の浦（志賀町比良の浦）においでになった」（青木生子）その時の歌詠とする説もある。これは『類聚歌林』説からすれば十年以上の開きがある。けだし回想歌であるから、大化四年に皇極太上天皇が受けた感慨がおよそ十年後に回想されたと見做すこともできる。その仮説にたてば題詞、『類聚歌林』、『斉明紀』における相互間の齟齬が修正されて、斉明五年三月三日、天皇、平の浦への行幸があってその途中、宇治で詠んだ「回想歌」となるであろう。

このように天皇の足跡をたどって「秋野の回想歌」を大御歌とすると、額田王の姿が消えてしまうようである。大御歌は天皇の歌であるのに、何故に題詞には、「額田王の歌」とあるのか。また付加された「未詳」の意味（原本にはなかったの説あり）は何なのか。これらに関しては、斉明天皇になり代わって歌を詠む、という代作者の役を額田王が演じていたものと解釈されてきたし、そのように解釈すれば、無理なく説明がつくわけである。

にもかかわらず、依然として不透明なものが残る。それは何か。

ところで「白村江の戦い（６６３）」に関連する「熟田津の歌」が八番歌にある。その題詞に「後岡本宮に天の下知らしめしし天皇の代」とある。舒明天皇の「岡本宮」を継承しながら、それと区別して、「後岡本宮」として特徴づけられる。「後岡本宮」は、「皇極天皇代」と区別された意味の、「斉明天皇代」を象徴する表現ではなかったか。それに対して、明日香川原宮は「皇極天皇代」を象徴している。

皇極天皇が重祚され、斉明天皇として即位された年に板蓋宮の炎上のため、川原宮が仮宮殿となったのではあるが、イメージとしては皇極天皇に結びつく。さらに、『類聚歌林』が紹介する大化四年の近江比良山への皇極太上天皇の御幸は皇極天皇代に連続することとなる（『元暦校本萬葉集』ではこの題詞の肩に皇極天皇と注せられている〔澤瀉〕）。このような意味において「秋野の回想歌」は皇極天皇代に結びつく。代作者の額田王の生涯にとってもこの歌は、『万葉集』を手がかりとする限り、歌人として公的舞台に登場する第一作となる、といってよいのではないか。

『類聚歌林』がいうところの戊申の年の近江比良宮への御幸は孝徳天皇ではなく、皇極太上天皇のことであったが故に、『紀』には記載がなかった。この情況設定を踏まえて澤瀉氏によって次のように推定がなされる。すなわち「皇極天皇がまだ舒明天皇御在世の折に御同列で近江路へいでましたことがあった、その折が秋の野にみ草刈り葺き宿りたまうた時であり、その曾遊（再度の訪問）を思ひ出でられて、今、背の君おはさぬ戊申の年の比良宮への御幸にこの作があった」、というのである。そして『紀』曰く以下は編者が関連事項を参考までに付加したまでであって、歌詠の時期からは外れているというのである。女帝にとっては、懐かしい思い出の地に三度お出ましになったので、このことの記録のために付加されたと解するならば無理なく理解される。

しかしこれでは女帝の存在のみが大きくクローズアップされてきて、「額田王の歌」という題詞の意義が背後に隠れてしまっているのではないであろうか。

そこで私としては額田王の立場をもう少し前面に押し出してみたい。彼女はどのような資格において皇極天皇にお仕えするようになったのであろうか。采女説（『薬師寺縁起』）、巫女説、女孺説等あるが、そのいずれであるかを確定するのは難しい。とにかくその資格は曖昧ではあるが、少なくとも宮廷において歌を詠むことのできる人の意味での「歌人」、ではあったといってよいであろう。というのはその作品の代表的なものが万葉の「雑歌」のなかに載っていて公式の場所での歌詠があり、時には天皇の行幸につき従って、天皇に代わって歌を詠んだりしているからである。公式の場で歌を詠む人を詞人（中西進）と呼び、天皇に代わって歌を詠むのを御言持（伊藤博）というならば、先にあげた代作の可能性のある「秋野の回想歌」は、神事に関わる御言持歌人へと彼女を成長させる意義をもった歌詠ではなかったか。いうならば御言持歌人への萌芽のような意味をもっていたのではないか。このように歌の周辺に付属する事項を整理しておいて、少し七番歌の内容に立ち入ってみよう。

「秋の野のみ草刈り葺き宿れりし――」。秋野の、宇治の行宮で宿泊をされた、その宇治の行宮跡が現在に残っているはずもないが、「宇治市宇治下居《しもい》に社殿を構える下《おり》居《い》神社がある」。それは行宮の旧地であるとの伝承があるということ。大化四年の皇極太上天皇の行幸について宴会の記載は残っていないが、斉明五年三月の吉野行幸では大宴会が催された（『紀』）。およそ御幸には宴会が伴うがただそれだけではなく、素朴な神事を行った後での宴会ではなかったかと思う。宇治の場合には、亡き舒明天皇への鎮魂の祈りに併せて、旅の安全が祈られる。その際に例の歌がなんらかの形で披露され、朗詠されたのではないだろうか。「宇治は、東と南北の三方を山に囲まれ、元来は宇治川の谷口に位置する。奥まった内ふところのごとき地形を呈するが故に、〈内〉を意味する地名であった」。その〈内〉は、大和朝廷の直接支配の及ぶ範囲であった。下居神社のあたりを過ぎて宇治川を渡れば、大和の外に出るという意識があったのではないであろうか。そこで「幣」が捧げられたのである。

それにしても太上天皇の御幸にお伴をするメンバーはどなたであったろうか。中大兄皇子、大海人皇子、額田王以外に女官たちも従駕したことであろう。秋山は紅葉し、空は青く澄み、谷川のせせらぎに、川魚が飛び跳ねている。この自然の景観に囲まれて、太上天皇は小旅行に満足し、心労が癒されたにちがいない。激しい政変に疲労困憊し、孤独感に悩まされていた太上天皇の心を額田王は直接的に感じ取り、心を尽くしてお世話をしていたのではないか。利発で優しい額田王を、太上天皇は非常に好ましく思われたに違いない。

そこで、太上天皇は、彼女が華やかに、目立ち輝くような舞台をしつらえることにしたのである。額田王の振舞は太上天皇の期待をうらぎることなく、立派であった。もしも中大兄皇子や大海人皇子の眼光が、この神に祈りを捧げる愛らしい女嬬の姿を捉えていたとしたら、どうなるであろうか。中大兄皇子は、彼女の姿に神秘な美を発見したであろうし、大海人皇子は、その香しい優美な姿を心に深く焼きつけていたのではないだろうか。

比良山に沿って大きく湾入した琵琶湖が「比良の大わだ」。湖上に船を浮かべて皇極太上天皇は遊覧を楽しまれたであろうか。比良の浦の大御歌がないのが残念。冬から春にかけて吹く風が比良の風。

槐本《つきもと》の歌一首（名を略して、氏のみが記されている）

楽浪《ささなみ》の　比良山風《ひらやまかぜ》の　海吹けば

釣する海人《あま》の　袖反《そでかへ》る見ゆ　（九－１７１５）

上掲の『類聚歌林』に正当性を認める澤瀉説で問題になるのは、年齢考であった。翻って大化四年の額田王の年齢を再検討しよう。

生没年未詳の額田王。その誕生年を探る手がかりは葛野王の「年三十七」にある。これを昇級の年と見做すならば大宝元年（７０１）、死亡の年とすれば慶雲二年（７０５）のことで、葛野王の誕生は、前者をとって逆算すれば天智四年（６６５）、後者を取れば天智八年（６６９）になる。さらに十市皇女の誕生は、彼女が十七、十八歳で葛野王を産んだとして、その誕生年は大化四年（648）か、白雉二年（651）頃になる。大化四年より後の誕生年になるほうが「秋野の回想歌」による年齢算定考に合致するので、後者の説（死亡の時）を生かすことにする。すると額田王は大化四年（648）には十五歳頃になっていたと推定される。さらに誕生年は舒明六年（634）頃が適当と算定される。「秋野の回想歌」の歌詠について大化四年説（澤瀉）を生かして、その結果神田説に近い算定になったが、これは戸籍簿に登録された確実な年齢というわけではないので、算定の基準を改めれば、異説が生まれるのは当然のことである。とにかく年齢考は難しい。

時に、皇極太上天皇は何歳であったのか。中大兄皇子は？　大海人皇子は？　それぞれに対しては、年齢の確定が必要となった場面で検討することにしよう。

2　「わが背子」によせる歌

紀の温泉《ゆ》に幸《いでま》しし時、額田王の作る歌

莫囂圓隣之　大相七兄爪湯気
わが背子が　い立たせりけむ　厳橿《いつかし》が本《もと》　（一－9）

額田王が残した幾首かの歌の中で、いまだに定訓のない、難訓歌で有名な歌がこれである。あたかも謎に包まれた額田王の生涯を象徴的に物語るかのようである。私を万葉研究に誘い込んだ難訓歌。しかし、この歌の意味を探ろうとするのは不遜であるような怖れとおののきを覚えるようになっている。

何しろ江戸時代に『莫囂圓隣歌考』[3]という書物が数冊もあらわされるほどに、研究者を悩まし続けてきた歌のようだからである。しかし、この伝統的悩みを共有することによって、私も万葉研究者の一人になれるのではないかと自認して、いま一度取り上げておこうと思う。この歌が斉明天皇の四年（６５８）冬十月十五日に、紀の湯に行幸された際に従駕した額田王の歌であることは確かである。行幸先は現在の和歌山県西牟婁郡白浜町白浜温泉で、斉明四年のこと（岩波萬葉頭注）。万葉時代の紀の国への行幸は、１、斉明天皇四年～五年にかけて、２、持統天皇四年（６９０）、３、大宝元年（701）に持統太上天皇、文武天皇、4、神亀元年（724）に聖武天皇が紀の国を訪れておられる。それぞれ在位中に一度の訪問であったから、都合四度の行幸となる。

上掲の「秋野の回想歌」の左注に、『紀』からの引用として、斉明五年の春正月に紀の湯よりの帰りに、吉野の宮に立ち寄り、続いて近江の平の浦に巡幸された記事があった。それらを総合して考えると、斉明天皇の近くに仕える額田王の姿が見えてくる。秋野の回想歌を大化四年（648）とすると、「紀の国」行幸の歌が斉明四年（658）だから、およそ十年が経過している。難波長柄豊碕宮で即位された孝徳天皇は白雉五年（654）に崩御された。その前年頃より天皇と中大兄皇太子との間に不和が生じ、天皇は孤独のうちにこの世を去った。

都は再び飛鳥に還り、中大兄皇太子ではなくて、斉明天皇が即位されたが、政治の中枢が中大兄皇太子にあったことは、誰の目にも明らかであった。孝徳天皇の嫡男である有間皇子の立場は微妙に揺れていた。極度の警戒心から狂人を装い、危険から身を守ろうとするほどであったが、権力構造の反対側からすれば、どこか不気味なところのある存在であったに違いない。とにかく十年といえば政情もめまぐるしく変化している。十年間の世の動きを眺め、世情の変化に思いを凝らしながら、人知れず悩む額田王の情念が、何を指向していったか、その方向を探索する意味で九番歌を取り上

とにしたい。
氏は私訓に先立って、諸家の主なるものを四十一種類あげている。それぞれが
に異なっていて、歌の意味内容が全くちがってくるのは驚嘆に値する。谷氏の
『額田姫王』を参照されるならば驚異的難解さが視覚的に納得させられる。ところで私見によれば、まずこの難訓歌を被う霧がとり払われねばならない。もしそれが幾分かでも薄らぐならば、前方の視界が徐々にでも開かれてくるのではないかと予想することができる。

　谷氏の訓み方は次の如くである。

木綿《ゆふ》取りし　祝鎮《はふりしづ》むる　我が背子が
い立たすがね（あるいは、射て立たすがね）厳橿が本

「木綿」とは榊に垂れる幣帛《ぬさ》のことで、「祝」は神官。「我が背子」が中大兄皇子とすれば、歌の大意は「祭主としての中大兄皇子が立つための祭の庭、厳橿が本を幣帛をもって神官たちが祓い鎮めているよ」という神事に関係した歌という。どのような神事かといえば、有間皇子の事件の前後に関係した神事であろうと。とすれば有間皇子の事件について額田王は何を見たというのであろうか。

　谷氏の言うには「剛毅の中大兄においても一抹の不安の念まつわるものを覚え」この前後に祭祀が営まれたのであろう。そして祭主となった中大兄皇子を考えて儀礼に

関係づけている。「祭主としての中大兄が立つための祭の庭を、祝達《はふりたち》が祓い鎮めている眼前の実況を……」を詠んだものとしている。すなわち有間皇子を裁く（前後の）中大兄皇子の周辺を取り巻く人々の緊迫した情況を額田王は見ているのであって、中大兄皇子自身を見てはいない、ということになる。

さて、これとは理解の視点を異にする神田秀夫氏の説にも注目しておこう。神田説によると、「この歌は元来、短歌ではなく、旋頭歌なのではないかと思う」として試訓を述べる。

「莫囂」を「あな、かまし」として、「静かになさい」の意味にとる。「円」は万葉では「まと」と訓むのが一般的とかで、そのまま採用。「隣」は「り」か「となり」かのいずれかで、「円隣」は「まとなり」となる。「大相」は、「大卜」を「うら」と訓み、両者を続けて「円隣之大相」は「まとなりのうら」。「七兄」は「七瀬」で、これは当時の湯崎温泉が湧出量雄大で、湯崎七湯といわれていることに当たる。「爪」は、「兄」の字の最後の画から次の一画に移るとき筆の墨が切れなかったために加たもので、その「ノ」の部分をのぞいて「川」とすべきだという。「湯気」は の戯書という澤瀉氏の説をとり、「七兄爪湯気」は「七瀬川沸く」と訓む。最 い立たせりけむ」で、つぎのようにまとめられる。

なかまし　円隣の浦　七瀬川沸く

（一－9）

厳橿がもと　い立たせりけむ　わが背子の

「うるさいこと、円形の七瀬の川がわき立っている。ここ、厳橿が本にわがせこがお立ちになっていらっしゃったのであろう」となるが、これだけでは何を意味するかよく分からない。やはり歴史的背景としての有間皇子の事件が絡み合っている。この事件との関係を神田氏は次のように見ている。

「……斉明紀によると、蘇我赤兄におとしいれられた有間皇子は、十一月九日、この湯崎に護送されてきた。中大兄が自分で尋問に当たり、『いったいどうして反乱なんか企てたのだ』ときりだすと有間皇子は、『どうしてだと？　それは天と、その赤兄が知っているだろうさ』と突き放したという。こういう問答は、いったいどこで行われたか。……斉明天皇の耳に入れては温泉療養の意味をなさないから、玉座からできるだけ遠いところでやらねばならない。つまり、中大兄が『厳橿が本』に出てきて、自他ともにこの神木にかけて誓った上で、野外で反乱罪の処断をするということになる。……」（神田）。

「神木に誓って」という解釈は神田氏によってである。この解釈者の彼方にいる額田王は、有間皇子に謀反の可能性があったのを予感していたことになろう。井上靖の小説『額田女王』によれば、彼女は特に有間皇子と親しかったように扱われている。孝徳天皇の皇子に対して優しく接近する額田王の姿があるが、「神木に誓って」の解釈

中大兄皇子の三人で、情況設定によっては、どの人物に当ててもいうことができる。

神田氏の訳によれば「あなかまし円なりの浦七瀬川沸く……」は「平和に見えた川に沸きかえる七瀬の湯も、おちおちしてはいられないように見えてきた」と、不穏な空気に対して額田王が不安をいだいた気持ちの表現と解釈される。この時の額田王に一種のおそれがあったとすれば、それは何に対してであったか。有間皇子を謀略にかけたかもしれない時の権力者へのおそれであったか。あるいは逆に、有間皇子に謀反の企てがあったとすれば、そのような不安定な情況にたいするおそれであったのか。

審問に当たって有間皇子は「吾全《もは》ら解《し》らず」と言ってはいるが、皇子に全く謀反の野望がなかったとは断言できないのではないか。

『斉明紀』に、或本《ふみ》の曰くとして「有間皇子、蘇我臣赤兄、塩屋連小戈（小代《このしろ》の誤記か）、守君大石、坂合部連薬と短籍《ひねりぶみ》（短い紙片で作った籤）を取りて、謀反《みかどかたぶ》けむ事をトふ」。さらに有間皇子曰く「先づ宮室《おほみや》を焼《や》きて、五百人《いほたり》を以って、一日両夜《ひとひふたよ》、牟妻《むろ》津《つ》を邀《た》へて（もとめて）、疾《と》く船師《ふないくさ》を以て、淡路国《あはぢのくに》を断《さいぎ》らむ」と。その時、ある者が若年だから成人するまで待つようにと諫めたという。おそらく、謀反の企てを皇子が全くもっていなかったと言うことはできないのではないか。謀反の企てはその時は不発に終わったとしても、いつか現実となって反対勢力を突き崩すようになるかもしれない。「……まかりまちがえば、この北に見えている円形の『牟妻ノ津』の湾を反乱軍に閉鎖されて……あの、まだ十九歳の有間皇子がどうしてそんな恐ろしいことをと不思議に思い……」（神田）。

神田氏のように有間皇子に謀反の企てがあったと仮定すれば、額田王のおそれの気持ちは、有間皇子に向けられてくる。ひいては謀反のおそれに暗示されるような時代不安、激動する世の中というものに向けられていくような点もあるのではないか。このような見地に立つと「わがせこ」が誰であるかはおのずからにして判明する。すなわち「わがせこ」は中大兄皇太子であって「わたしたちみんなの柱、みんなの命の綱のもと締めとして中大兄を頼りにしている気持が表れたにすぎず……」（神田）ということである。

いつもは平穏な牟婁の湯が、何か慌ただしい雰囲気に包まれている。その動揺する状態もやがては中大兄皇太子が正義によって裁いてくださるであろう、という期待と信頼をよせた額田王の女性らしい情意に充ちた歌なのだと解釈すればどうなるであろうか。

一方では「わがせこ」を大海人皇子とする説も多い。

澤瀉氏によれば「せこ」は大体身分の相等しい男女の間に用いたものである。皇太子の場合にはその妃より「わがせこ」と呼んだ例はあるが、「妃以外よりはないから、皇太子すなわち中大兄皇子を指したものではない」と断言しておられる。「厳橿が本」

について、幾多の変遷を経ながら賀茂眞淵の『萬葉考』によって定着したことを容認し、継承している。『垂仁紀』、『雄略記』からの引用によって、「すべて神々しく、いかめしく、神聖なものに冠した言葉」であって、「神々しく聳え立っている樫の木の本」の意味にとっておられる。「この地へ曾遊の大海人皇子が、静まった浦浪を見放けてお立ちになったという意に解くことが出来るので……」と、特に有間皇子の事件と関係づけてはいない。専門外の私としては、澤瀉氏の訓《よ》みがすっきりしていて、言葉も分かりやすいのでそれに従いたいと思う。ただし、有間皇子との関連は、視点を変えて探ろう。

莫囂圓隣之《しづまりし》　大相七兄爪湯気《うらなみさわく》
吾瀬子之《わがせこが》　射立為兼《いたたせりけむ》
五何新何本《いつかしがもと》

静まりし　浦浪さわく
わが背子が　い立たせりけむ
厳橿が本

「静まっていた浦の波がしきりに騒いでいる。吾が背子の君がお立ちになったであろうこの厳橿が本よ」。「浦浪さわく」が神田訳では「七瀬川沸く」。「うるさいこと七瀬の川がわきたっている」と騒乱の気配を象徴的に告げる意味にとっている。同様に

「浦浪さわく」も、単なる実景ではなく、有間皇子の事件と関係づけて象徴的に理解しようとすれば可能である。これに対して、澤瀉氏はそのように解釈しないで、「浦浪さわく」は作者が眼前に見た風景にすぎないと言う。すなわち、大海人皇子がお立ちになった、その時の実景であると。結句の「厳橿が本」も同様に実景の表現となる。

このように見解が分かれるのであるが、私としては「厳橿が本」の歌意からすると、有間皇子の裁判と関係づけることによって、九番歌を包む靄が取り除かれるように思われるので、神田説を取ることにしておきたい。しかも、澤瀉説の訓読によっても、歴史的事件との絡まりを十分に推定することができる。その推定を可能にするためには「わが背子」が中大兄皇太子でなくてはならない。澤瀉氏は「わが背子」を「大海人皇子」と見做すがゆえに、有間皇子の事件とは切りはなして解釈されてくるのである。

従来の諸研究によれば、三人の候補が挙げられた。有間皇子の事件に絡ませて解釈すると候補者は二人に絞られる。すなわち、有間皇子か、中大兄皇子かのいずれかとなる。さらに言い換えるならば、「裁く者」か、「裁かれる者」かということになる。とすれば、「厳橿が本」に「い立たせりけむ」ほうは、「裁く側」に立っている者ではないであろうか。すなわち「わが背子」は、中大兄皇子を指して詠まれたものと考えてよいのではないか。

「い立たせりけむ」の「せ」は敬語。敬語の「せ」に完了の「り」がついて、「せり」となったもので、「お立ちになっておられたであろう」という意味で、実に敬い奉った言葉である。しかしこれは、現実のものとして額田王が経験したことではなくて、あくまで想定の世界である。実際的にも、政治の中枢において、現実に何が行われていたのかは、額田王の立場からは覗き見ることのできない領域の出来事である。額田王にとってそれはあくまで想定された世界に外ならない。いうならば一種の幻想ともいえよう。彼女は何故にそのような幻想をもったのであろうか。

おそらく有間皇子の事件は多様に取り沙汰されたにちがいない。急進的政治改革者、中大兄皇太子を中心とする斉明政権に対する不満の声もあがっていたにちがいない。明日香に不穏な空気の流れがあったとすれば、有間皇子一行の護送によって、その流れが紀の国に移動して人々を不安におとしいれる。

「静まりし浦浪さわく」

「あなかまし円なりの浦七瀬川沸く」

と平和な紀の国にざわめきの波が立ちはじめ、人はさまざまに噂をふりまく。しかし額田王は、無責任な噂にまどわされるような女性ではない。皇太子に対して非情な政治家であるという暗黙の非難の声があったとしても、彼女は真実を見つめようとする主体性をもっていたのではないかと思う。誰がどのように無責任でうるさい噂をまきちらそうとも、事柄は神聖な神木のもとで行われた厳正な裁きであったであろうと。この想定は、「そうであってほしい」という彼女の願望と、「そうあるはずである」という彼女の認識が、渾然一体となって、彼女の胸中深くに確信されていったのではないであろうか。

「一つの幻想が想像であったとしても、万葉人は、架空の状態を勝手につくりあげていたのではない」（中西進）。それは現実の中にまなこを見据えて探り出された幻想なのである、と万葉人の心一般についていわれていることが、この場合にも当てはまる。すなわち事件後に、大樹の繁れる木立の静かな場所に来て、ひとり佇んだ額田王が、有間皇子の事件についてそのような幻想をいだいた、ということよりも、「そうであってほしい」、あるいは「そうにちがいない」と、ひたすらなる祈りに近い「こころ」をもって詠まれたのが九番歌といえるのではないか。

このような解釈は、事態の本質を逸脱しているであろうか。ここにいたって、額田王は中大兄皇太子に「わが背子」と呼びかけることができたかどうかを再考してみれば、「わが背子」の用例は、身分の等しい男女のなかで用いられるもので、二つの心が一つになった親密感をもって相手を呼びかけたものであることはいうまでもない。九番歌においてそのような事情が成立するかどうかである。

中皇命《なかつすめらみこと》、紀の温泉《ゆ》に往《いでま》しし時の御歌

わが背子は　仮廬《かりほ》作らす　草《かや》無くは
小松が下の　草を刈らさね
（一－11）

中皇命は、中天皇の義で、皇后が天皇になられた方ということで斉明天皇とみるべき（澤瀉）の説もあるが、一般には間人皇女とされている。舒明天皇を父とし、斉明天皇は母となる。題詞の紀の温泉にいでましたのは、斉明四年の有間皇子の事件の頃であるとの説がある。孝徳天皇の皇后となられたのが天皇即位の年で、大化元年のこと、その時二人の妃が立てられて、そのうち阿倍小足媛から有間皇子が誕生した。孝徳天皇と間人皇后の間の愛情は希薄であったようで、むしろ同母兄妹ではあるが、間人皇女のこころは、中大兄皇太子に対して、「わが背子」と呼びかけるような親密な感情をいだいていた。したがって、額田王が「わが背子」とよびかけることのできるのは大海人皇子ではないかという多数の意見も出てくるわけである。しかし、たとえ相手が皇太子であったとしても、すでにその愛をうけていたとすれば、私的にはそのような呼び方をすることも可能ではないであろうか。

これまでの説によると、斉明四年（658）の頃には大海人皇子との愛が続いていたのではないかと言われる。しかしそのような事実を裏づける何ものもなく、ただ推定されているにすぎない。額田王が十市皇女を産んだ年に諸説があるが、私見としては白雉二年（651）頃、皇極太上天皇の近江行幸に従駕してから二、三年後で、額田姫王が十七、八歳頃である。中大兄皇子の二皇女、大田皇女と鸕野皇女が大海人皇子の妃になったのが斉明三年（657）で、それは彼女たちが十四歳と十三歳のときであった。ただしこれは斉明天皇の意志で、額田王のこと（大海人皇子から中大兄皇子へ彼女が移るための条件）が絡まっていたとはいうことができない。

二人ともに蘇我倉山田石川麻呂の娘遠智娘の皇女である。額田が十市皇女を産んでから数年が経過している。十市皇女を産んだ後、二、三年は額田姫王も大海人皇子に熱愛されたかもしれないが、やがて筑前の豪族、胸形君徳善の娘、尼子娘が入内して高市皇子（653?～696）を産み、その他に大海人皇子の周辺にも女性たちの華やかな姿が目立ってきている。おのずからにして額田との関係も疎遠になっていたのではないか。

私の思うには斉明三年、中大兄皇子の二皇女が、大海人皇子の妃となった頃から、斉明四年の間にすでに額田王は、中大兄皇子の愛を受けるようになっていたのではないかと推定する。神田氏は、この有間皇子の紀の温泉での事件以後、額田は中大兄皇子の妃となったのではないかとの見解をもつが、中大兄皇子の妃には額田王の名が挙がっていないから、妃と断定することはできないが、特定の関係が想定される。斉明七年、西征の船団が播磨国印南地方を過ぎようとした時の作とされる中大兄皇子の「三山の争いの歌」は、反歌において『播磨国風土記』の伝説による阿菩大神の仲裁の不要を告げている。

とすればこの時すでに、複雑な関係には結着がついているのだから、額田王が大海人皇子から中大兄皇子に移ったのは斉明七年以前のことであろうとの見解がある。それとても推定の域を出ないとすれば、もう少し時期を早めて斉明四年以前においたとしても、格別に異論はないのではないか。

この推定に立つと、九番歌の「わが背子」の呼びかけの資格を、額田王は既に取得していたと認めることができるのではないか。

なぜに私は、九番歌の「わが背子」にこのように固執するのであるか。それは、彼女を一人の女性として考えた場合、稀に傑出した二人の皇子に愛されたということのなかに、二つの異なった生き方を見るからである。

大海人皇子の愛情を受けた額田姫王は、十市皇女の出生から逆算して十七、八の華麗な頃であった。凛としてすみきった美しさは既に人目をひく魅力をもっていたのであろう。すぐれた男性によって女性としての幸福にめざめ、母であることの喜びを享受する。さらに彼女は、歌人として開花する恵まれた天性をもっていた。その可能性が中大兄皇子によって引き出され、より躍動しはじめたとしたならば、その生き方は、前者とは異なった「輝き」をもつにいたるであろう。

どのような女性も、母となる可能性はもっていて、多くの場合には、おのずからにしてそうなる機会が与えられている。しかし並外れた可能性をもち、それが恵まれた仕方で引き出されるということは、どの女性にでも享受できる幸運とは言えないのではないであろうか。額田王にとって、その幸運の女神ならぬ、幸運のプリンスが中大兄皇子であったのだから、その結びつきの時期を通説より少し早くし、大海人皇子との恋愛期間をやや短縮して、額田王の人生をより豊かなものにしてみたいと思うものである。

中大兄皇子にまつわる悲劇の歌についても触れておきたい。

七世紀の急進的政治改革者、中大兄皇子には非情な人物と評価されるような諸条件がある。飛鳥板蓋宮大極殿において蘇我入鹿を暗殺。その父蝦夷を自殺に追い込む。異母兄の古人大兄皇子に謀反（『孝徳紀』）の疑いをかけて討伐をする。改新の功労者である石川麻呂の変。難波長柄豊碕宮からの孝徳天皇の反対を押して、飛鳥川辺行宮にお入りになった。このような改革への野望にかきたてられて、あえて非情と思われるような行動をとってきた中大兄皇子である。

特に、蘇我倉山田石川麻呂の変（６４９）は皇子みずから招いた悲劇であるだけに切ない。それは石川麻呂の弟の蘇我日向が、「私の異母兄の石川麻呂は、皇太子が海辺においでになる時を狙って、暗殺しようとしています」と密告したことに端を発する。日向の讒言に悔しがった麻呂は、死んで身の潔白の証を立てようとした。この結末に麻呂の妻子で殉死したものもいる。また、父の死を嘆き悲しんで病死したのが、中大兄皇太子妃の蘇我造媛《そがのみやつこひめ》。皇太子に仕える野中川原史満《のなかのかはらふびとみつ》は、造媛の死を嘆き悲しむ中大兄皇子を慰め、進みて歌を奉った（『孝徳紀』）。

山川《やまかは》に　鴛鴦《をし》二《ふた》つ居《ゐ》て　偶《たぐひ》よく
偶《たぐ》へる妹《いも》を　誰《たれ》か率《ゐ》にけむ　（紀歌謡）（その一）

本毎《もとごと》に　花は咲けども　何《なに》とかも
愛《うつく》し妹が　また咲き出来《でこ》ぬ　（紀歌謡）（その二）

池水に浮かぶ鴛鴦の風情は実に微笑ましい。

鴛鴦の雌雄は離れることがないように、常に大君の傍らに侍っていた造媛を誰がつれ去ってしまったのか。このようにたくさん花が咲いているのに、美しい媛花はどうして咲き出てこないのか。皇太子は慨歎しながら歌を誉めたまいて「よいかな、悲しきかな」と言葉をかけ、琴を授けて共に唱わしめ賜うたとある。

皇太子の周辺には種々の情報が乱れ飛んだことであろう。そのなかで決断力をもって、改革を促進していった中大兄皇子。この嵐のような改革者の犠牲になったと噂された有間皇子。当然のごとく、有間皇子に同情の涙が注がれて、『万葉集』では皇子の自傷の歌に続く歌として、追悼歌が捧げられている。

有間皇子、自ら傷みて松が枝を結ぶ歌二首

磐代の　浜松が枝を　引き結び
真幸くあらば　また還りみむ（二―141）
家にあれば　笥に盛る飯を　草枕
旅にしあれば　椎の葉に盛る（二―142）

有間皇子の歌はこの二首のみである。
挽歌とは、死者の棺を載せた車を挽く者が、歌う歌の義である。けれど有間皇子の歌は自傷の挽歌。死の淵に追い詰められておののいている自己を見詰めた哀傷の歌である。自分は権力者の罠にひっかかってしまっているのではないだろうかと嘆く。しかし謀反の疑いがかけられていたとしても、堂々と申し開きをすれば、疑いは晴れるかもしれない。願わくば、この藤白の坂をもう一度無事に通って帰ることができますようにと、いのちを繋ぎとめる呪力信仰を頼みの綱として、松の枝を結んで皇子は祈りを捧げるのである。

次の歌の大意は「家に居たならば食器に盛って食べる飯だのに、草を枕とする旅なので、椎の葉に盛ることとだ」というので、訳の意味だけならばこれで十分であろうが、よく考えると分かり難い歌である。特に椎の葉に盛って食するとはどういうことなのか。澤瀉氏は『常陸国風土記』に「握飯」の枕詞があることから、旅に握飯を用いることは昔も今も変わらないので、そうとすれば「椎の葉に盛る」でもよいが、

「現にありあわせたもの」で用が足りたことの意味にもとれると言われる。しかしこれでは日常的理解にとどまるので、上掲の歌意と意図が合わない。私としては神饌説に意味を認めるのが妥当と思う。すなわち、椎の葉に供物の飯を載せて、道すがらの神に「真幸くあれ」と祈ったのではないか。紀の湯で何事かが起こるような予感におそれをいだきながら、牟婁の湯に向かっている。この歌の詠まれた時期は、六五八年に牟婁温泉に護送される途中で詠んだものではないかと推察する。

　有間皇子が捕らえられたのは十一月九日。彼を取り巻く重臣たちと共に、中大兄皇子が滞在する紀の温湯に護送されていった。ただちに審問が行われ、十一月十一日には早くも藤白の坂で断罪されている。「天と赤兄と知る。吾全ら解らず」と申し立てたにもかかわらず中大兄皇子には有間皇子の釈明を聞き入れる余地は全くなかったかの如くである。皇子に謀反の可能性があるのを予知していたかのような冷然とした態度であった。有間皇子に謀反の計画があったことを『日本書紀』は付記しているが、事態の歴史的真相は、過去における闇の世界のなかに消えている。けだし有間皇子は権力構造の歪みの間隙に落ち込んで、悲運の生涯を送った皇子のひとりとは言わねばならない。

　　長忌寸意吉麻呂、結びの松を見て哀しび咽ぶ歌二首

磐代の　岸の松が枝　結びけむ

人は帰りて　また見けむかも　（二－143）

「岩代の松の枝を結んだ人は再び立ち返って見たことであろうか」。

磐代の　野中に立てる　結び松
情も解けず　古思ほゆ　（二－144）

「岩代の野中に立っている結び松、そのように、その松をみる自分の心も結ばれて解けずに、昔のことが思われる」。

山上臣憶良、追ひて和ふる歌一首

天翔り　あり通ひつつ　見らめども
人こそ知らね　松は知るらむ　（二－145）

「大空を飛んでいつもここへ通って、ご覧になっていましょうが、人には分からなくても、松は知っているでしょう」。

右の件の歌どもは、柩を挽くとき作る所にあらずといへども、歌の意を准擬《なぞら》ふ。故以に挽歌の類に載す。

大宝元年辛丑《かのとうし》紀の国に幸しし時に結びの松を見る歌一首

後見むと　君が結べる　磐代の
子松がうれを　また見けむかも　（二－146）

（柿本朝臣人麻呂歌集の中に出づ）

「後に見ようと君が結ばれた岩代の子松の梢をまた見られたことでしょうか（いや見ることはできなかった）」。

意吉麻呂二首、憶良一首、人麻呂歌集一首が、有間皇子の自傷挽歌に連続している。意吉麻呂は伝未詳ではあるが、行幸に従駕して多くの応詔歌をなしている。このように有間皇子の「結びの松」はこの地を旅する情ある人の涙を誘ったのである。『類聚歌林』に記載されていた意吉麻呂の二首と、後になって憶良が自作の歌を追加して残したものである。『人麻呂歌集』からの一首は、「磐代の結びの松」の歌を『人麻呂歌集』に見出して、後に編集者（家持説？）が追加したのではないかと推定されている。

3

熟田津に船出の歌 —— 白村江の戦い ——

後岡本宮に天の下知らしめしし天皇の代

額田王の歌

熟田津《にきたつ》に　船乗りせむと　月待てば
潮もかなひぬ　今は漕ぎ出でな　（一－8）

右は、山上憶良大夫の類聚歌林を検《かむが》ふるに曰はく「飛鳥岡本宮に天の下知らしめしし天皇の元年己丑《つちのとうし》、九年丁酉《ひのととり》の十二月己巳《つちのとみ》の朔《つきたち》の壬午《みづのとうま》、天皇大后《おほきさき》、伊予の湯の宮に幸《いでま》す。後岡本宮に天の下知らしめしし天皇の七年辛酉《かのととり》の春正月丁酉《ひのととり》の壬寅《みづのえとら》、御船《みふね》西征して始めて海路に就く。庚戌《かのえいぬ》、御船、伊予の熟田津の石湯《いはゆ》の行宮《かりみや》に泊《は》つ。昔日《むかし》より猶《な》ほし存《のこ》れる物を御覧《みそなは》し、当時《すなはち》忽ち感愛の情を起す。所以《ゆゑ》に歌詠《うた》を製《つく》りて哀傷《かな》しびたまふ」といへり。すなはちこの歌は天皇の御歌《おほみうた》ぞ。但し、額田王の歌は別に四首あり。

秀歌として名高い熟田津の歌。船団の出発を促す気迫に充ちた雄渾な調べである。熟田津で船出をしようと月を待っていると、潮も船出に適した高潮となってきた。いざ漕ぎ出そうよ。——広い海原に月光を浴びながら、舳を西に向けて突き進む船団の勇姿が、目に映るようである。斉明天皇みずからが陣頭に立って指揮をとり、題詞によれば、額田王が歌を詠む。しかし作歌の事情は、それほど単純ではない。というのは、複雑な諸条件を左注の記載が告げているからである。いわゆる異伝の問題である。

『類聚歌林』からの引用には、内容に不可解な点がある。「飛鳥岡本宮に…中略…歌詠《うた》を製《つく》りて哀傷《かな》しびたまふ」、と括弧づけしたところ以外は、編者の加えた言葉である。『歌林』からはかなり長い引用文になっている。内容的に必ずしも「額田王の歌」の情況を解明しているようには理解されず、研究者が種々に注釈を加えてきたところであるが、ここでは私なりに解釈しておこう。

まず飛鳥岡本宮の天皇は舒明帝のこと、ついで「天皇の元年己丑」は天皇即位の年のこと。何故舒明天皇即位の年をここに引用しなくてはならなかったのか。その意図は分からないが、斉明天皇の回想に関係があると思う。回想の原点が舒明天皇即位の年にまで溯り、皇后であった頃への懐かしさが、伊予の地を訪れたことを機会にして斉明女帝に甦ったからではないであろうか。舒明天皇は即位二年の春正月十二日に、宝皇女（後の皇極、斉明天皇）を立てて皇后とされた。宝皇女にとってこれは再婚であり、初めは、高向王に嫁いでおられる。但し高向王は用明天皇の孫とされるが、用明天皇にそのような孫はいないから、相手は高向玄理ともいわれる。舒明天皇との仲はすこぶる睦まじかったに違いない。舒明天皇への追憶が常に孤独な斉明女帝を慰めている。御子の三人は葛城皇子、間人皇女、大海人皇子であって、それぞれが天皇、皇后という最高位についておられるという恵まれた境遇におかれながら、激動の時代に生きた女帝は、時おり孤独感にさいなまれていたようだ。

このように女帝の内面を推察して『歌林』に立ちかえってみると、「九年丁酉の十二月己巳の朔の壬午」、これは九年十二月十四日のことで、このとき「天皇大后、伊予の湯の宮に幸す」と続く。天皇と皇后がお揃いで、伊予の温泉に遊行されたことの記録であるが、『紀』には、九年ではなく、十一年ならば、その記録がある。「十二月の己巳の朔壬午に、伊予の温湯に幸す」とある。

十一年十二月十四日、天皇と皇后は揃って伊予の温泉に行幸されたのである。とすれば、九年の記録は、誤記か、記載洩れであったたか、のいずれかになる。多分誤記と思うが、とにかく伊予の温泉は、斉明天皇にとっては、舒明天皇との思い出の土地柄であった。かくして、『歌林』は斉明天皇の記録に移行する。

「後岡本宮に天の下知らしめしし天皇」は斉明天皇である。その「七年辛酉の春正月丁酉の壬寅」、すなわち斉明七年（661）春一月六日に天皇の船は、西に向かって初めて航路についた。庚戌の日、十四日に船は伊予の熟田津（愛媛県松山市付近）の石湯行宮（道後温泉）に泊まった。この伊予の道後温泉にある行宮には、二十二年前に舒明天皇と一緒に遊行された昔日の風景が、斉明天皇には懐かしく甦ってきていた。昔と変わらない海辺の風景をご覧になり、その時、たちまち感愛の情を起こして、故に「歌詠を製りて哀傷しびたまふ」たのである。したがって、「この歌は天皇の御歌そ」という注釈が加わる。ここで代作説が浮上して、斉明天皇の御歌の実作者は額田王であったということになる。大御歌が、額田王によって代作されたので、題詞は「額田王の歌」になっている。

ところで、右の歌には、「忽ち感愛の情を起す」に当たる詩句を求めることはできない。この点について「さてこの左注はここに入るべきものではない」（『評釈』）という批判がある。その後に「即ち歌林には斉明天皇の御製が1、2の二首、または数首が採録されていたものであった。そのうち1が風土記に載せられたもので、2が万葉に採録せられたものであった。……1の採られていない万葉に、歌林の左注の全文を不用意に引用したために『哀傷云々』が不審として残されることになった。即ち左注の筆者が歌林を誤読したとせずとも、ただ引用に際して注意を欠いたと見做せば、問題は解決するというのである」（『斉明天皇と御製攷』〔澤瀉〕）。

熟田津に泊まってみると、昔、夫の舒明天皇と共に眺めた風景が「昔日より猶ほし存れる」状態であるのに、天皇のみがこの世にましまさぬと偲ばれて、「忽ち感愛の情を起す。所以に歌詠を製りて哀傷しびたまふ」というのであるが、その御歌は、万葉集に記載されたものではなく、『伊予国風土記』に記載されたものである。その御歌の注が、誤って万葉集に集録された歌に「注」として付加される結果となった。それは誤読であるというよりも、もと斉明歌として歌林に数首あったものの注を、万葉集記載の一首の弁明の注として不用意に引用したと解すればよいと、澤瀉氏は述べる。故に熟田津の歌は、題詞に「額田王の歌」とあるが、本来は、『歌林』のように斉明天皇の御歌と解釈すべきである。即ち『歌林』が生かされて題詞が切り捨てられる、というのは、堂々として、風格をもった詠いぶりには女帝の威厳があり、「今は漕ぎ出でな」が、「いざ結びてな（十番歌）」と類似の表現をなすからというのである。十番歌の作者「中皇命」はナカツスメラミコトの意で、皇后が天皇となられた方、即ち「斉明天皇」のことなり、という解釈に立った見解である。その後の研究では、中皇命は間人皇后のことを意味し、右の理由からは、「額田王の歌」を消すことはできない。

歌風の点から言えば、「……四句切れでするところの格調の高さは彼女（額田王）独自の歌風であり……」（谷）、したがって、額田王の作であるという説に同調する。というのは斉明天皇はすでに六十八歳の高齢であり、熟田津を出発して五ケ月後の秋七月に崩御したことを考えると、このような力強さをもって詠う心境にあったかどうかに疑問をもつからである。万葉集の題詞を生かして、応詔歌と理解し、天皇は形式上の作者で、額田王が実作者である。とすれば『歌林』のいうところの意義はどうなるであろうか。

奇異ともとれる左注の言葉、それは本来、『風土記』の歌の注であるべきところ、『歌林』からの引用を誤って、万葉集にまぎれこませたという説があるが、ただそれだけであろうか。少なくとも左注によって、当時の斉明天皇の心情が推定される記録となっているのは確かではないか。逸文『伊予国風土記』に残っているのは、僅かな断片のみである。「後の岡本の天皇の御歌に曰はく、みぎたづに　泊てて見れば、云々」とあるだけで三句以下は不明である。万葉集の「熟田津に」とあるのと、同じ地名である。

私の思うには、熟田津の行宮で船団の出発に先立って、航海の安全と武運を祈願するための厳かな神事が行われた。さらに宴も催された。そこでは幾首かの歌が天皇のもとに献上されたのではないか。天皇みずからも「昔日より猶ほし存れる」をご覧になり、「感愛の情」に涙して、哀傷の御歌を詠まれたのである。万葉に記載されている歌は額田王の作にちがいない。そして額田王には、その外にも四首があった（左注）。なかでも船出の歌が秀逸として斉明天皇の心に適う歌となった。それは神への奉納に相応しい歌として、斉明天皇が選ばれて、大御歌にも等しい意義が与えられた。さらには万葉集に記載されて「額田王の歌」となったのである。

天皇は、六年十二月二十四日に難波宮に幸されて、「まさに福信が乞《まう》す意《こころ》に随《したが》ひて、筑紫《つくし》に幸して、救軍《すくひのいくさ》を遣《や》らむと思ひて、初《ま》づ斯幸《ここにみゆき》して、諸《もろもろ》の軍器《つはもの》を備《そな》ふ」（『紀』）と詔されたのである。およそ天皇御自身が畿内を離れることは、仲哀天皇、神功皇后、の伝説を除けば前例のない事態であり、それだけに天皇の心痛も大きかったにちがいない。また、新羅、唐に対する危機感が天皇の心を悩ませていたといえるであろう。ともすれば、消極的になり、心が沈みがちな天皇を駆りたてて、国運をかけての空前の軍事行動の計画を推進させていた主役は中大兄皇太子に外ならない。ややもすれば、回顧的になりがちな天皇の御心を引き立て、その心に代わって、西征の途につく船団の意気を、歌をもって鼓舞するのは額田王の役柄である。

月はさやかに照って船団の進路を明るくし、満潮になった海は、豪快に船団を運んでゆく。そこにはなんの不安もなく、すべてが堂々としているように見える。この力強さの原動力はどこにあるのであろうか。言うまでもなくそれは、百済救援に情熱をかけた中大兄皇子の迫力に由来するものであったであろう。そうとすれば、額田王は斉明天皇の心に代わって詠ったとはいえ、彼女がその心を心としたのは、現実に船団の指揮を執っていた皇太子の心意気を意識していたのではないであろうか。

歌に漲る「雄渾な気迫と命令的な語気」は、凜としていて王者の威厳をもって詠われている、と評価される秘密がそこに隠されている。言葉の気迫が男性的と言われているのも、そこに由来するのではないであろうか。このように解釈をしてみると、左注の不審な記述も、かえって歌詠の背景の複雑な状況を描き出す資料となっていることに気づく。額田王が真に相手になり代わり、祈りを込めて「気魄の歌」を詠みあげたその相手とは、西征の途について全軍を指揮する中大兄皇太子に外ならなかったといえる。代作の歌が形式を超えた相手との一体感によって詠いあげられたとき、それは儀礼歌でありながら情感の高揚が豊かに漲る歌となった。七年三月二十五日、船団は娜大津《なのおほつ》（博多港）に到着した。

天皇は磐瀬の行宮（福岡市三宅）にお入りになった。

五月九日には、行宮として条件のよい朝倉橘広庭宮にお移りになったのである。このとき朝倉社の木を切り払って宮を造られたので神（雷の多い季節）の怒りに触れて殿舎の一隅が壊された。また鬼火が出るとか、近侍の人々が病にかかって死ぬ、などという奇怪な記述を『紀』は残している。斉明天皇は、朝倉宮に居まして朝政に当たっておられたが、六十八歳という高齢でありながらの長旅と状況の変化に対応できなかったのか、七月二十四日に朝倉宮で崩御されたのである。この突然の天皇の崩御に誰もが激しい衝撃をうけたが、中大兄皇子は半島出兵の準備を怠ることはできない。ようやく八月一日に天皇の喪（遺骸）を奉りて、磐瀬宮（博多港）まで帰られた。その夕べに朝倉山の上に大笠を着た鬼が喪の儀を眺めていたと『紀』にあるが、その幻像は山の上に立ちやすい雷雲のことであろうというのが、今日の見解である。

冬十月七日のこと「天皇の喪、帰りて海に就く。是に、皇太子、一所に泊てて、天皇を哀慕《しの》びたてまつりたまふ」（『斉明紀』）。一所とは、天皇の遺骸が海を渡って難波を経て、飛鳥に帰るときの途中のある場所のことであろう。その場所は明確ではないが、皇太子は、天皇を哀慕《しの》びたてまつりて、「口号《くつうた》された」とある。

君が目の　恋しきからに　泊てて居て
かくや恋ひむも　君が目を欲り　（紀歌謡一二三）

あたかも死者に向かって、もう一度目をみひらいてほしい、と呼びかけているかのような激しい口調。波乱にみちた生涯を送った女帝に対する情感にあふれた皇太子の追悼歌である。

中大兄皇子は筑紫に留まって遠征軍の指揮にあたらねばならなかった。そこで、女帝の大葬は崩後五年は挙行のいとまがなく、六年目に間人皇女（天智四年に薨去）と合葬で葬られる。御陵の場所は小市岡上陵（現在高市郡高取町車木小字天王山）で、今日も石室なき御陵が越智岡の小高いところにひっそりと、建皇子の御霊もあわせてまつられている。やや下方の途中に脇道があって、その先に大田皇女の奥津城がある。

中大兄皇子の皇女であって、大海人皇子の妃となった大田皇女。斉明七年の百済救

〔后〕鸕野讃良皇女（父天智、母遠智娘）
- 草壁皇子

〔妃〕大田皇女（父天智、母遠智娘）
- 大伯（来）皇女
- 大津皇子

〔妃〕大江皇女（父天智、母色夫古）
- 長皇子
- 弓削皇子

〔妃〕新田部皇女（父天智、母橘娘）
- 舎人皇子

〔夫人〕氷上娘（父藤原鎌足）
- 但馬皇女

〔夫人〕五百重娘（父藤原鎌足）
- 新田部皇子

〔夫人〕大蕤《おほね》娘（父蘇我赤兄）
- 穂積皇子
- 紀皇女
- 田形皇女

額田王（父鏡王）
- 十市皇女

尼子娘（父胸形徳善）
- 高市皇子

榖《かぢ》媛娘（父宍人大麻呂）
- 忍壁皇子
- 磯城皇子
- 泊瀬部皇女
- 託基皇女

援のための船団に乗り込み、六日に難波津を出航して、八日に船が大伯の海（岡山県邑久《おく》の海）にさしかかった時に女子を産んだ。名づけて大伯《おほく》皇女。その二年後（663）には、娜大津（長津＝博多港）で、皇子が誕生した。大津皇子と命名された。この二人の御子をのこして大田皇女は天武天皇の即位前に薨ぜられている。

高貴の生まれながら心痛の多かった三人の女性と、夭折して恵まれることの薄かった建皇子の御霊とが木立の深い丘陵の上に鎮まっている。訪れて立ってみると、あたりの木立がざわめいて、カラスの鳴く声がしきりである。斉明天皇の生前の慈愛を偲ばせるのが建皇子への愛の歌である。建皇子は、中大兄皇子と蘇我遠智娘との間に生まれた。女帝は、建皇子が身体不自由なのを不憫に思われてか、特に慈しみ、可愛がっておられた。しかも性格が「有順《みさをか》」、すなわち節度があって美しいこころの持主であった。このような建皇子が八歳（658）で亡くなった時には、斉明女帝は悲しみに耐えられずに慟哭されることが甚だしかった。群臣に詔をして「わが死後には必ず二人を合葬するように」と言われ、歌を詠まれた。

今城《いまき》なる　小丘《をむれ》が上に　雲だにも
著《しる》くし立たば　何か嘆《なげ》かむ　（紀歌謡一一六）（その一）

「今木の小丘の上にせめても雲だけでも、はっきりと立つのなら何を嘆くことがあろう」。

射《い》ゆ鹿猪《しし》を　つなぐ川上《かはへ》の　若草の
若くありきと　吾が思はなくに
(紀歌謡一一七)(その二)

「射たれた鹿猪のあとをつけて行くと行きあたる川辺の若草のように若かった(ひ弱かった)とは、私は思わないのに」。

飛鳥川　漲《みなぎら》ひつつ　行く水の
間もなくも　思ほゆるかも
(紀歌謡一一八)(その三)

「飛鳥川を水しぶきを立てて流れる水の絶え間のないように、［建王］のことは、絶え間なく思い出されることよ」。

このような斉明天皇の御心を癒やすためにということで、紀の牟婁の湯への行幸が勧められたのであった。有間皇子の神経病が紀の湯で快癒したという報告を聞いて喜び、斉明天皇御自身も行ってみようと思い立ったのである。それは、四年冬十月十五日のことであったが、その時にも建王のことは、脳裏から離れなかった。大和から紀路への旅の風景を眺めながら斉明天皇はひたすら建皇子のことを追憶し、「悲泣ひたまふ」たのである。その時も建皇子のために口歌をもって、歌われたのである。

山越えて　海渡るとも　おもしろき
今城の中は　忘らゆましじ
(紀歌謡一一九)(その一)

「山を越え、海を渡って、面白い旅をしていても、建王のいるあの今城のなかのことは忘れられないでしょう」。

　水門《みなと》の　潮《うしほ》のくだり　海《うな》くだり
　後《うしろ》も暗《くれ》に　置《お》きてか行かむ
（紀歌謡一二〇）（その二）

「水門の潮の激流のなかを、船で紀の国に下っていくのであるが建王のことを暗い気持で後に残して、行くのだろうか」。

　愛《うつく》しき　吾《あ》が若《わか》き子を　置きてか行《ゆ》かむ
（紀歌謡一二一）（その三）

山を越え、海を渡って、紀の国へと側近の者たちを従えて行く。建皇子も一緒に連れてきたならば、どんなにか喜びはしゃいだことだろうか。暗い奥津城で独りで眠っている建皇子のことを思うと胸が締めつけられる。建皇子の姿についてはなんの記録もないが、口はきけないが、可愛い坊やではなかったか。体格もかなりよかった。歌謡一一七番の「川辺の若草のように」ひ弱くはなかった、という言葉に、骨格のしっかりした少年の面影が窺われる。

　今城丘は吉野郡大淀町今木（『大和志考』）が擬せられているが斉明天皇の意志によって、天皇の崩後に建皇子は合葬されたはずである。さらに今城は曾我川一帯の古い地名であって、斉明陵のある高市郡高取町の範囲まで包括されていたというから、御陵のあたりを今城丘と呼んだかもしれない。『万葉集』の「人麻呂歌集」に宇治若郎子に捧ぐ挽歌があって、「今木乃嶺」の地名が入っている。このほうは宇治市の宇治神社の周辺に関連する場所と思われる。巻十の夏の雑歌に次のような歌がある。

藤波の　散らまく惜しみ　ほととぎす
今城の丘を　鳴きて越ゆなり　（十−1944）

「霍公鳥」の歌である。斉明陵は「小市岡上陵」といわれていたが、その後に、八角形墳の牽牛子塚古墳が、墳形、墓室、遺物のどれもが立派なので、これを斉明陵と比定するという説が出されている。双子塚古墳ともいわれ、斉明天皇と間人皇女との合葬と見做されているが、斉明天皇の御霊を移したとなると、建皇子の御霊は残して移ったことになるのであろうか。

『万葉集』に岡本天皇の御歌というのがあるが、左注によれば、舒明天皇とも斉明天皇とも解釈できるので、未だ詳らかではないとある。多くの研究者によって相聞の女歌らしい表現ということで、斉明歌であろうと言われる。長歌一首と短歌二首の構成になっているが、斉明歌とすれば、女帝の歌はこの個所のみなので、取りあげておくことにしよう。

岡本天皇の御歌一首併せて短歌

神代より　生《あ》れ継《つ》ぎ来《く》れば　人多《さは》に　国には満ちて　あぢ群《むら》の　去来《かよひ》は行けど
わが恋ふる　君にしあらねば　昼《ひる》は　日の暮《く》るるまで　夜《よる》は　夜《よ》の明くる極《きは》み
思ひつつ　眠《い》も寝《ね》がてにと　明《あか》しつらくも　長きこの夜《よ》を　（四−485）

「神代の昔から生まれついてきたから、人は多く国中に充ちて、あじ鴨の群のように往き来はしているのだが、私の恋しく思う君ではないから、昼は一日中、夜は一晩中、君を偲びながらまんじりともせずに明かすことだ。長い長いこの夜を」。

反　歌

山の端《は》に　あぢ群騒《むらさわ》き　行くなれど
われはさぶしゑ　君にしあらねば　（四－486）

「山端にあじ鴨が騒ぐように人は行くが私は寂しい。君ではなく」。

淡海路《あふみぢ》の　鳥籠《とこ》の山なる　不知哉川《いさやかは》
日《け》のこのごろは　恋ひつつもあらむ　（四－487）

「近江路にある鳥籠の山を流れる不知哉川。その名のように、おぼつかなく思いながら、この頃の日々を恋い慕っておりましょう」。

崗本宮の崗は岡の俗字で、舒明天皇即位（629）の翌年「冬十月十二日、天皇は飛鳥の岡のほとりにお移りになった。これを岡本宮という」と『舒明紀』にある。その所在地跡について、「1、地形的にとらえ明日香村奥山北方とする説。2、岡を雷岡と解釈し雷丘付近、3、雷丘北東方」の三説が紹介されていて、そのいずれであるかは不確定である。斉明天皇が即位（655）されたのは飛鳥板蓋宮であった。この年の冬に板蓋宮に火災が起こり、その西側にある川原宮に遷られた。さらに翌年の九月に岡本宮の造営がなされ舒明天皇の後を受ける意味で「後飛鳥岡本宮天皇」と称される。

上掲の長歌の「神代より生れ継ぎ来れば……」の荘重な歌い出しは、どこか儀礼的な雰囲気をかもし出している。なんらかの宮廷祭式歌に関係するのではないかと言われている。反歌の第二首目は、長歌と反歌第一と内容的に適合していない。「鳥籠の山」とその山の麓を流れる「不知哉川」をどこに求めることができるか。諸説があって確定できない。これを歌枕と理解し、仮託の恋歌とするならば斉明天皇御製歌から切り離されることとなり、かえってすっきりするかもしれないが、「淡海路の　鳥籠の山なる　不知哉川……」は言葉の流れが流暢で、謡い古されてきた味わいをもっている。

額田王の「秋野の回想歌」を私は、大化四年の皇極太上天皇の比良行幸に関連ある歌詠とした。その回想歌に、『紀』からの左注として、斉明五年春三月三日にも近江平の浦の行幸があった。斉明天皇は前年の四年冬十月十五日には牟婁の温湯に出かけられ、紀の国から帰ったのが五年の春一月三日。二ケ月半の御逗留で、その間有間皇子の事件があった。これは斉明天皇にとっても心痛の出来事であったにちがいない。その帰ってしばらくは間を置き、三月一日には吉野へ行かれて大宴会を催されている。そのまま足を延ばして、近江路を踏んでいる。この慌ただしさは何であったのか。とにかく斉明天皇にとっては五年春三月三日の平の浦行幸が近江路の旅の最後になったといえる。

さて皇極天皇代には、蘇我氏の権勢のもとで目立った業績のあがらなかった斉明天皇は、飛鳥後岡本宮に遷られると、数々の巨大土木工事を手掛けられた。二年の秋には多武峰の上に両槻宮（又は天宮）を建設され、続いて、香山《かぐやま》の西から石上山《いそのかみ》（所在地天理）にいたる渠を掘り、舟二百隻をもって、石上山の石を積んで「宮の東の山に石を累ねて垣となす」と。渠の工事に三万人、垣の工事に七万人を要した。労役者の不満の声が「狂心《たぶれこころ》の渠」との批判を浴びることとなった。この声は天皇のところまで届かなかったのか、さらに続いて吉野宮を造営している。

斉明天皇のこのような大事業は、当時の渡来人たちから聞いた外国の都城の壮麗さに対抗しようとする意気込みの結果の行動であったのかもしれない。三年の秋にはトカラ人が筑紫に漂着したと聞くと、招き寄せて、飛鳥寺の西に須弥山像を造って饗応している。これだけからしても、斉明天皇の政治には国際感覚が盛りこまれていたことが分かる。四、五年は国内情勢にも心痛の出来事が多く、斉明天皇には心休まるときがなかったといってよい。

ところでかねてより我が国と親交のあった百済が六六〇年唐と新羅の連合軍によって滅亡する。百済の佐平鬼室福信は、佐平貴智（他になし）を大和朝廷に派遣し、百済再興のための援軍を要請するとともに、わが国に亡命していた王子豊璋を国王として迎えたいと申し出たのである。六年冬十月、斉明天皇は詔をもって、百済救援を決意されたのである。詔《のたま》して曰はく、「師《いくさ》を乞《こ》ひ救《すくひ》を請《まう》すことを、古昔《いにしへ》に聞《き》けり。危《あやふき》を扶《たす》け絶《た》えたるを継《つ》ぐことは恒《つね》の典《のり》に著《あらは》れたり。百済国、窮《せま》り来たりて我に帰るに本邦《もとのくに》の喪《ほろ》び乱れて、依《よ》るところ靡《な》く告《つ》げむところも靡《な》しというを以《もっ》てす。……将軍《いくさのきみ》に分《わか》ち命《おほ》せて、百道《もものみち》より倶《とも》に前《すす》むべし。雲《くも》のごとくに会《あ》ひ雷《いかづち》のごとくに動《うご》きて、倶《とも》に沙喙《さたく》（新羅の国）に集まらば、その鯨鯢《あたき》を斬りて、彼の倒懸《せまれる》をゆるめてやれよう。有司《つかさ》、具《つぶさ》に為与《そなへあた》へて、礼《ことわり》を以て発《た》て遣《つかは》せ」（『斉明紀』）。

「王子豊璋及び妻子と、その叔父忠勝等とを送る。そのまさしく発ちし時は七年（661）」と天智即位前紀九月の条に見える。また、ある本によれば、斉明天皇が豊璋を立てて王とし、塞上（豊璋の弟）をその助けとし、礼をもって送り出したとある。百済救援の同意は斉明天皇の詔によって決定された。そうであることによって、ひそかに出兵に危惧を抱く者があったとしても、その者たちの異議を封じる効果もあったということができよう。

六年十二月には難波宮に行き、諸々の軍器を整え、駿河国にて船を造らせて、七年の春正月には百済救援のための船団を難波津より出発させた。これは斉明天皇の国運を賭けた選択であった。この西征のための船団は伊予の熟田津の石湯の行宮に二ケ月以上は停泊して、娜の大津に向かった。多分停泊は軍備や食料を整えるためであったろうか。その出発に当たって詠まれた額田王の歌「熟田津に……」は左注に「大御歌」とあった。このように経過を辿ってみると、「たちまち感愛の情」に侵されて歌を詠んだということではなく、斉明天皇による百済救援のための決断の詔をもとに解釈するならば、熟田津での船出の歌は、まさに斉明女帝の決意の大御歌であったといってよいのではないか。

斉明天皇は自らの意志で船団の指揮者となられた。やがて、娜の大津に至ると、磐瀬の行宮に入られたが、ここは二ケ月ほどの居住で、少し離れた朝倉橘広庭宮に移られた。この時朝倉社の木を切って宮を建造したことに起因して、奇怪な事件が起こったりした。六十八歳の老体のうえに政変への対応と、長期の船旅の故の疲労が重なったこともあってか七年秋七月二十四日に、突然のこと斉明天皇は朝倉宮にて崩りましたのである。

中大兄皇子は素服（白麻衣）のままで、即位式をあげる暇もなくして、政務を執り行わねばならなかった。九月には百済の王子豊璋に織冠《おりもののかうぶり》が授けられた。また多臣蔣敷《おほのおみこもしき》の妹が妻となった。中大兄皇子は豊璋に五千余の兵をつけて、筑紫の港で待機しながら、発遣の時をまっていた。『旧唐書』百済伝の記録によれば、豊璋とその護衛軍五千人が百済に向かったのは、六六一年の暮十二月下旬のことであったようである。『紀』によれば、豊璋が国に入るときには、福信が平伏して、「国の政《まつりごと》を奉《あげ》て皆悉に委ねたてまつる」と、喜び迎えたとある。この時は、百七十艘を率いた大将軍大錦中阿曇比邏夫連等が、豊璋を百済に送ったのであった。豊璋を王位につける式典はようやく五月になって行われている。豊璋を迎えて新百済の政治は再建に向けて、どのように動いていったであろうか。豊璋の政治について二つの失敗を『紀』は伝える。

六六二年冬十二月一日、百済王豊璋と、その臣佐平鬼室福信は、狭井連某と朴市田《えちのた》来津《くつ》と相談、「この都の州柔《つぬ》(燁留城《そるさし》)は田畑にへだたり、土地がやせている。農桑に適したところではない。戦いの場であって、ここに長らくいると民が飢えるであろう。避城《へさし》に移ろう」と。避城は、西北に川が流れ、東南には貯池の堤があり、一面が田圃で、水利もよく、花咲き、実のなる作物に恵まれている。三韓でも最もよいところであると。

これに対して田来津はひとり反対をした。避城と敵のいるところとは一夜で行けるほどの近い距離。もし不意の攻撃を受けたとしたら、その時は悔いても既に遅い。「飢えは第二です。存亡が第一です」と反対した。州柔は守りに堅く、攻めに難しい場所との提言が拒否されて豊璋は避城に移ってしまう。翌二月に百済から貢物を携えてきた。豊璋の独断専行は許せないにしても、大和への貢物を忘れないというので、中大兄皇子は「非難したり、許したりした」（井上靖）。

豊璋の戦況判断の甘さには危惧するものもあった。その予想は的中し、新羅軍の攻撃が間近に迫ってきて、再び百済軍は州柔城《つぬさし》に帰らねばならなかった。「田来津が計る所の如し」とある。この期に及んでは、倭政権は豊璋の戦略の未熟さを憂慮している余裕すらなかったのである。直ちに軍団の主力を送らねばならない。

——三月に、前軍の将軍は上毛野君稚子《かみつけののきみわかこ》、間人連大蓋《はしひとのむらじおおふた》であり、中軍の将軍は巨勢神前臣訳語《こせのかむさきのおみをさ》、三輪君根麻呂《みわのきみねまろ》であり、後軍の将軍は阿倍引田臣比邏夫《あへのひけたのおみひらふ》、大宅臣鎌柄《おほやけのおみかまつか》を遣わし、二万七千人を率いて新羅を伐たせた——（『紀』）。

将軍たちはいずれも名門の出身者か、豪族の出身者かである。第一回の発遣の詔は百済救援であったのが、この度は「新羅を伐つ」ことを目的として打ち出している。出発に際しては大勢に見送られて戦意が高揚するなかで船出をしている。「額田王は密かに戦勝の祝歌を考えていた」（井上靖）。実に堂々とした船出であった。

六月には、前将軍《まへのいくさかみ》上毛野君稚子《かみつけののきみわかこ》から沙鼻岐奴江《さびきぬえ》の二城を陥したとの知らせを受け喜んでいたさなかに、豊璋が鬼室福信に謀反の疑いをもち、その真偽を諸臣に確かめたところ、執得《しふとく》が福信の罪を認めたので、豊璋は残忍な仕方で彼を処刑した。福信は死の際に、執得に怒りをぶつけたが事態はどうにもならなかった。豊璋は、自分に媚を売る側近の言葉を信じたために、名将鬼室福信を断罪してしまったのである。これが豊璋にとって致命的な失点となった。

福信は気性が荒く人に恐れられるような面もあったが、豊璋を百済王として迎え、百済再興のために豊璋を盛り立ててきた。方向が定まってきたのは福信の力によるといってよかった。その福信を殺してしまうとはなんたることか。この知らせがわが国に届いた時、中大兄皇子をはじめ政府首脳者たちはどのように驚いたことであろう。

秋八月十三日、百済王が福信を切ったことを知って、新羅は州柔への攻撃を企てた。事前に知った豊璋は日本軍の救援隊を待って白村江（錦江の河口）に迎えた。「今聞く、大日本国《やまとくに》の救将《すくひのいくさのきみ》廬原君臣《いほはらのきみおみ》健児《ちからのひと》萬余《よろづあまり》を率いて、正に海を越えて至らむ……白村《はくすき》に待《ま》ち饗《あ》へむ」と。このことは豊璋が州柔城を放棄したことを意味するであろう。つまり戦わずして王城を敵の手に渡したようなもの。城には留守隊が残っていたとしても、城が敵の手中に陥ることは時間の問題にすぎないと。ただ水、陸の両方から攻め寄ってくる唐、新羅両者連携の戦法に対して、王城での陸の戦いと、白村江での水軍の戦いとの、二つの道を計画した豊璋の戦略にも一案はあったものと考えられる。ただし豊璋自身には、連合軍を迎え討つだけの自信のある軍力が備わっていたわけではなく、専ら日本救援隊を頼りにしていたとしか考えられない言動である。豊璋は百済王としての自覚に欠けていた。

二十八日、百済王豊璋が日本の将軍たちと白村江において出合い確認しあったことは、「我等先を争はば、彼自づからに退くべし」ということであった。われらが先を争って進むならば、敵は自ずからにして退くだろう、とはあまりにも敵に対して安易な認識である。この楽観論はまたたく間に覆された。日本軍は大唐水軍のただなかに突入したのではあるが、両側から挟み打ちの攻撃に出遭ったのである。戦略、戦力ともに優勢な大唐軍の前で、日本の船団はひとたまりもなく、たちまちにして撃破されてしまったのである。

――水《みづ》に赴《おもむ》きて溺《おぼ》れ死ぬるもの衆《おほ》し。艫舳《へとも》めぐらすこと得《え》ず。朴市田来津《えちのたくつ》、天《あめ》に仰《あふ》ぎて誓ひ、歯《は》を切《くひしば》りて嗔《いか》り、数十人《とをあまりのひと》を殺しつ。ここに戦《たたか》ひ死《う》せぬ。この時、百済の王《こしき》豊璋、数人《あまたひと》と船に乗りて、高麗に逃げさりぬ――（『紀』）。

『旧唐書』、劉仁軌伝によると「仁軌、白江の口に於て倭兵と遭ひ、四度戦って捷ち、その船四百艘を焚く。煙と焔は天に漲り、海水皆赤し」、と自国の勝利をはなばなしく記載している。激しかった戦況の惨劇が伝わってくる。一方陸上戦は州柔城を囲んで行われ、九月七日に初めて唐に降伏をしたとある。豊璋は州柔城を息子たちに預けて白村江の戦闘に臨んでいたようだ。二人の息子忠勝、忠志も残兵と共に降伏している。百済人のなかで日本への亡命を希望する者たち、または別方面の戦闘に参加していた大和の兵士たちを南鮮の弖礼城《てれさし》に集め、二十五日には日本に向けて出航している。

白村江の決戦において大和軍はあえなく大敗を喫した。戦争という絶大な犠牲を払って得た代償の傷痕は、あまりに深かった。もしも余勢を駆って唐、新羅の連合軍の襲撃が筑紫に押し寄せてくればどうなるか。戦力を使い果たしての出兵であっただけに、大和の首脳者たちはいかに動揺したことか。何はともあれ国内の体制を整えるための対応策が講じられたのである。

翌六六四年、天智三年春二月には冠位の階名の増加と変更が大海人皇子によって発表された。戦後の国内復興を順調に実現するためには大海人皇子の助力を必要とした中大兄皇子の配慮である。大化五年の十九階から二十六階に増加、それに伴う多少の変更によって貴族、官人の不満を緩和し、将来的には百済の亡命貴族の救済措置にも役立つとの見通しに立っていた。

第二の法令は氏上制の継続である。「臣連伴造国造」に対して「大氏、小氏、伴造」を設けて、各々に応じて大刀、小刀、干楯《たて》、弓矢を与えて身分階層の固定化をはかっている。この点は聖徳太子の実力主義からすれば、一歩後退になろうが、天皇への中央集権化からすれば、戦後の混乱を収拾するための措置であったといえる。

問題は第三の民部《かきべ》、家部《やかべ》の復活である。これを甲子の改革と呼び、大化二年の部民制の廃止の精神から言えば、甲子の改革は天皇中心体制からは一歩後退（和辻説）の現象といわれる。それは確かにそうではあるが、白村江の大敗による中央権力に対する豪族たちの不満を解消する意味で言えばやむを得ない措置ではなかったであろうか。この冠位制度によって、例えば鬼室集斯《くゐしつしふし》（福信の子であるらしい。佐平福信の功績によってとある）に小錦下の位が授けられている。百済の民、四百人あまりを、近江の神崎郡に住まわせたとある。

甲子の政治改革に並行して、唐、新羅の襲来に備えて国内防衛の軍事的設備を固めなくてはならない。六六四年に壱岐、対馬、筑紫国などに防人と烽（のろし台）を備えて、筑紫の大宰府の北方に水城を造ったのである。翌年の八月には大野城と椽《き》城（大宰府の西南）が築かれ、外敵の侵入を防ぐ防備がととのえられた。しかし幸いにもその気配はなかった。というのは唐と新羅の結束は百済、高句麗の打倒に向けられた連合であって、六六八年（天智七年）に高句麗が滅ぼされると、むしろ新羅は唐に対抗しはじめる。そうなるとかえって唐も新羅も、共に日本への友好関係を求めてお互い競うようにさえなる。そのような国際情勢が十分に把握されないままに、天智六年に都は近江に遷されたのである。

孝徳天皇の皇后であった間人皇女が天智四年二月二十五日に崩ぜられた。天皇は三月一日に「間人大后のために、三百三十人を得度（出家）させた」というから、間人皇后の存在は天皇にとって大きな意味をもっていたにちがいない。六年の春、斉明天皇と建王の御霊と共に、間人皇女は小市岡上陵に埋葬されていることは、既述したところである。やや下方の道がそれたところに大田皇女の奥津城がある。高貴にして、心痛の多かった三人の女性と、夭折して恵まれることの薄かった建皇子の御霊とが、木立の深い丘陵の上に鎮まっている。

天智帝即ち中大兄皇子はその一ケ月後の春三月、あたかも飛鳥を過去として置き去るかのように近江遷都を行うのである。ここで額田王にもどって近江遷都に関連する「三輪山惜別の歌」に移ろう。

4

三輪山惜別の歌

額田王の近江国に下りし時に作れる歌、井上王のすなはち和へたる歌

味酒《うまさけ》　三輪《みわ》の山　あをによし　奈良の山の　山の際《ま》に　い隠《かく》るまで　道《みち》の隈《くま》
い積《つも》るまでに　つばらにも　見つつ行かむを　しばしばも　見放《みさ》けむ山を　情《こころ》
なく　雲の　隠《かく》さふべしや　（一―17）

反歌

三輪山を　しかも隠すか　雲だにも
情あらなも　隠さふべしや　（一―18）

右の二首の歌は、山上憶良大夫の類聚歌林に曰く「都を近江国に遷す時に三輪山を御覧《みそなは》す御歌《みうた》そ」。日本書紀に曰はく、「六年丙寅《ひのえとら》の春三月辛酉《かのととり》の朔《つきたち》の己卯《みのとう》に、都を近江に遷す」といへり。

へそがたの　林のさきの　狭野榛《さのはり》の
衣《きぬ》に着《つ》くなす　目につくわが背《せ》　（一―19）

右一首の歌は、今案《かむが》ふるに和《こた》ふる歌に似ず。
ただ、旧本この次に載す。故以《そゑ》になほここに載す。

左注に「都を近江国に遷す時に三輪山を御覧す御歌そ」とある。

御覧すの用語は、天皇または皇太子のみに使用されるというからこの歌は、当時はまだ皇太子であった天智天皇、すなわち中大兄皇太子の御歌となる。大海人皇子の歌との説があるが、それはこの点からして否定される。題詞の額田王が実作者で、中大兄皇太子に代わって詠まれたものである。

天智六年（667）春三月十九日に、都を近江に遷すとあって、それに続いて「是の時に、天下の百姓、都遷すことを願はずして、諷《そ》へ諫《あざむ》く者多し、童謡《わざうた》亦衆《おほ》し。日日《ひる》夜夜《よる》、失火《みづながれ》の処多し」（『紀』）とかなりに遷都への反対の声があったことが記載されている。後に柿本朝臣人麻呂が旧都荒廃を傷む歌のなかに「いかさまに思ほしめせか」（一‐29）と、いわくありげな言葉を残しているのも遷都に対する当時の人たちの不安な気持を表現している。大敗を喫した白村江の戦いは、四、五年前のことである。百済は滅亡し、四世紀後期以来の三百年に及ぶ日本の半島経略が終わり、かえって外敵侵略の危機に襲われる。そのような状況に備えて、軍備を整え、要塞を築くための血のにじむような努力が続いて二、三年が経過する。

外政の失敗を非難する声が依然として衰えない状態のなかで、このような為政者への不信、不穏な空気を一新するためには思い切った改革が要求される。新しい政治には新しい場所を、ということで、国防の問題を配慮して選ばれたのが近江大津の地であった。とはいえ住みなれた都を他処へ移すことは、惜別の情感はもとより、同時に将来についての一抹の不安を拭いさることはできない。この惜別の哀感と将来への一抹の不安をとり除くための祈りの言葉が「三輪山の歌」ではなかったであろうか。

長歌は「味酒　三輪の山」ではじまる。三輪の山へのこの呼びかけは、「霊妙なる三輪の山よ」とでもいう意味になろうか。三輪山と酒の関係は大物主が酒を発明した。つまり「大物主の醸《か》みし神酒《みき》」などと歌われていて関係は深いが、酒のもつ美味にして香高く人を酔わす魔力をもった「味酒」の枕詞は、神奈備としての三輪山を象徴的に言い当てている。「三輪の山」、「奈良の山の」、「山の際に」と山を三つ重ねて「道の隈」を出すと、山から山へ通じる道を辿って、近江へ向かったであろう旅の情景が描き出される。

「つばらにも　見つつ行かむを　しばしばも　見放けむ山を」と三輪山が名残惜しく、別れがたい情感の高揚を、言葉の反復で盛りあげつつ、見続けられている。しかしこの歌は遷都の途上、山の辺の道においてか、あるいは奈良坂において、または歌姫坂においてかそのいずれか、においての歌であるという一般的説よりも、「『見つつ行かむを』『見放けむ山を』と予想している点から考えて、発進以前の詠歌と定むべきである。即ち、飛鳥京における祭礼に際して暗雲覆う三輪山を望みつつ詠めるものと推定せざるを得ない」（谷馨『額田姫王』）という説には傾聴すべき点があるように考えられる。なんらかの公式儀礼を伴った場所における歌ではないかという指摘は重要である。なんとなればこれは飛鳥宮との別れであり、大和との別れを惜しみながら、新都近江の繁栄を願う情《こころ》を抱いた歌だからである。中大兄皇太子になり代わって額田王が祈りを込めて詠んだ歌だからである。

この歌が遷都に当たっての公式儀礼に詠まれたものとすれば、その際三輪山が選ばれたのは、この山が大和における国霊の代表と見做されたからであろう。この歌全体が三輪山を見つめていて、「情なく　雲の　隠さふべしや」、「非情にも雲が隠してよいものであろうか」、否、隠すべきではないであろう。にもかかわらずこのように隠してしまうとは、と雲の非情さへの「あるうらみがましさ」がこめられて結ばれる。一般に今日の語法においても「雲行きがあやしくなる」とか「暗雲がたちこめる」などの、悪いことの予兆として雲が象徴的に使用される。例えば、大津皇子の挽歌を見よう。

大津皇子、被死《みまか》らしめらゆる時に、磐余《いはれ》の池の陂《つつみ》にして
涕を流して作りましし御歌一首

ももづたふ　磐余の池に　鳴く鴨を
今日のみ見てや　雲隠《がく》りなむ
（三－416）

磐余に鳴く鴨をみるのも今日を限りとして私は雲の彼方に去ってしまうのであろう

か、と不吉な前途への不安なおののきが雲によって象徴されている。大津皇子の場合は少し時代が後になるが、三輪山の歌においても、非情な雲は一種の不安なものとして象徴されていると解釈されてくる。

三輪山信仰についてつぎのような説がある。

「古代人は神の霊魂、すなわち神霊を大きく二つに分けて考えていたようだ。即ち前述の三輪山にいます大己貴神の『幸魂奇魂《さきみたまくしみたま》』というがごときがある。『幸魂』とは人々、ひいては万物の生命を守り、幸を与えてくれる神の霊魂であり、『奇魂』とは霊妙な徳をそなえ、万事にすぐれた判断力を示す神の霊魂であった。そしてこの二つを総合したものを『和魂《にぎみたま》』と呼んだ。『和魂』はより円満にして高い境地を示す神の霊魂であった。この『和魂』に対してもう一つの神の霊魂を『荒魂』と呼んだ。あらくたけだけしい神の霊魂である。おだやかな山容を示す三輪山を和魂がしずまりますというのは、イメージの上で非常に現実に適ったことであった」（田中日佐夫『万葉集と固有信仰』）。

崇神天皇の頃疫病の原因が大物主神をまつらないための神の怒りと信じられていたそうであるが、大物主神は三輪山にまつられ、したがってその後は『和魂』の神となられたはずである。しかしときに、突然に『荒ぶる神』となられるやもしれないではないか。物理的には山と雲は別々の実体である。山を隠す雲は外からの襲来者であるのか、あるいは都を大和から他の地へ遷すことへの三輪山の神の不満が雲となって立ち昇っているのか。

反歌はこのあやしく山を覆う雲に向かって願われている。

三輪山を　しかも隠すか　雲だにも

「せめても雲だけでもやさしい心があってほしい。そのように隠してもよいものであろうか」、否、隠すべきではない。雲にやさしいこころがあるのならば、どうか隠さないでおくれ、という願望、祈りが込められて反歌になっている。長歌では雲について「情なく」と非情性をいっているのに、反歌では「情あらなも」で、雲にだってやさしい情はあるだろうと、対照的になっている。この対照は、非情な現実に対する、あるべきすがたへの願望、希望と解釈してよいのではないであろうか。「雲だにも」のダニは不定、推量、願望、命令にかかる助詞とあるが、ダニを受ける「情あらなも」のナモは、ナムと同じく、ある状態の実現を希望する助詞を意味することから考えても、現実の状態を否定して、別様であってほしいという願望、祈りが強く働いている言葉であるといえる。

「雲だにも」の「せめて雲だけでも、こころよく」ということは、遷都への漠然とした、あるいは表面化された反対の声を背景にした表現といってよいであろう。「三輪山を御覧す御歌」とあるから、中大兄皇太子は、遷都出発前の儀式において国霊といわれる「三輪山」が雲に覆われているのをご覧になって、こころ安からぬものを覚えて、額田王に詔して、国霊鎮めの呪歌を神に捧ぐべく所望されたのではなかったか。あるいはすでに予定され、準備されていた儀礼歌であったかもしれない。

この場面に関する井上靖の小説『額田女王』は示唆に富んでいるので想像ではあるが、参考までに挙げておきたい。

――祭壇は二つあった。一つは天照大神、倭大国魂の二神を祀った祭壇であり、もう一つは三輪山の神を祀る祭壇であった。三輪山は都が飛鳥にある間、飛鳥の人たちの山でもあった。都大路からは眺められなかったが、小高い丘に登るか、郊外に出ると、一種独特の美しさを持ったその山を望むことができた。その美しさにはどこかに犯し難いものがあり、人々は心のどこかで美しい三輪の山の神をおそれていた。この都を、この都に住む人々を守り給う神であった。……国が安泰であるためには、三輪山の神の心を鎮めておかなければならなかった――。

このように三輪山惜別歌を解釈することができるとすれば、例えば大海人皇子への愛惜の歌であったという理解は、あまりにも私的意味にすぎなくなり、妥当性がなくなってしまう。とはいえ全くの儀礼歌とのみ限定するのも不当であるように思われる。多くの人たちが指摘するように、これは単なる儀礼的歌ではなく、叙情詩であり、私的背景の心情をぬきにすることはできない。それはどのように説明されるであろうか。

この歌には井上王の反歌が一首加わっている。おそらく儀礼の場に居合わせたと考えられる女性の歌である。左注に和する歌に相応しくないとの指摘があるが、そうではなく解釈によっては深い関係があるのではないかと予想することができる。多くの場合なんらかの関連ある歌が集められているからで、特に初期万葉に多い。反歌の二。

へそがたの　林のさきの　狭野榛の
衣に着くなす　目につくわが背　（一－19）

「へそがたの林のさきの狭野榛の」というときの「綜麻形乃」の「へそ」は地名にもあるが、形に意味がある。すなわち、紡いだ麻を巻いた形を「へそ形」というので、そのような山のことを名付けていると考えられる。「へそがた」とは、織物に使う綜麻というまるい道具のことで、まる形の「巻子」（『古語辞典』）をいい、三輪山のまわりをまるく取りまいている円環状のことを意味するらしい。その林のさきにある「狭野榛」がいわれる。サは接頭語で、サを除くと「ノハリ」となる。ハリは従来ハギと解釈されてきたが、今は「ハンノキ」というのが定説らしい。その花は、傍らを通った者の衣に染まるということである。

引馬野に　にほふ榛原《はりはら》　入り乱り

衣にほはせ　旅のしるしに　（一―57）

引馬野に色づいている榛の原に入って、榛を乱して、衣に美しい色をうつしなさい、旅の思い出に、というように花が衣に摺りつけられて染まった色彩は驚くばかりに鮮やかということである。そのように鮮やかに目につく「わが背」と呼びかけられているのは、やはり、誰か人物であるに相違ない。

では「わが背」とは誰のことであろうか。それは近江遷都の主役を演ずる中大兄皇太子ではないであろうか。鮮やかな姿が目につくのは、井上王と同様に額田王にとってもそうであったのではないであろうか。むしろ額田王にとってこそ目につく存在であったことであろう。井上王が額田王の「三輪山の歌」に和して詠うとき、「三輪山」を詠う額田王の「こころ」に和して詠まれたのではないかと解釈される。額田王の歌は三輪山に向かって詠まれているが、主体としての作者自身の心は、皇太子の代作者として、その心に入り込み、その心と一つになっているのであろう。この額田王の主体的心情が、井上王の歌によって「目につくわが背」と端的に表現されたものといってよいのではないか。

『紀』にある「是の時に、天下の百姓、都遷すことを願はずして、諷へ諫く者多し……」と遷都への不満の鬱勃とした声を知りながら、あえて遷都へと決断する皇太子の心に合体して一抹の不安を払いのけるための祈りの歌を神に捧げたものといえるであろう。それは歌人である額田王の、歌人としての可能なかぎりでの、大いなる君に捧げる心の表現でもあったといえるのではないであろうか。三輪山惜別歌が公的な歌であったとして、それにもかかわらず表現に込められた情感の豊かさは、わが背に寄せる情念の深さに由来する。この秀れた詞章をもって神に祈る御言持歌人としての額田王の心を表現するには、十七、十八、十九番歌の三首がセットにされていて、はじめて歌詠の背景までもが浮き上がって見えてくるのである。

5　補説・神々に捧ぐ

飛鳥宮時代における額田王の歌を取り上げてきた。それらのすべてがなんらかの公式の場において披露されたと考えられるが、これまでの諸論を踏まえながら、宗教性という視点から、やや探索の視野をひろげておこう。

以上の作品は、それぞれが独自の宗教性をもっている。というのは、日本古代における宗教性のシンボルが歌の中に詠み込まれているからである。

「秋野の歌」においては、旅の安全を祈願するために使用されている「かりいほ」。それは禊の聖なる空間としての「いほり」の仮の空間。難訓歌の「厳橿」は神木である。「熟田津」の場合は、「月待てば潮もかなひぬ」と、潮が満ちて船出に好都合な潮は、海の神の力である。遷都に当たっての三輪山は、和魂または国魂の宿る聖なる山。このように「いほり」「海」「山」「厳橿」などが祈りの対象となっているが、それらが祈りの対象となっている限り、神聖な、力あるものと見なされている。

吉野の宮に幸す時に、柿本朝臣人麻呂が作る歌

やすみしし　わご大君　神ながら　神さびせすと　吉野川　激《たぎ》つ河内《かふち》に　高殿《たかとの》

を　高知《たかし》りまして　登り立ち　国見をせせば　畳《たたな》はる　青垣山《あをかきやま》　山神《やまつみ》の　奉《まつ》る
御調《みつき》と　春べは　花かざし持ち　秋立てば　黄葉かざせり　逝《ゆ》き副《そ》ふ　川の神
も　大御食に　仕へ奉ると……　（一‐38）

持統天皇は在位中に三十一回にわたって吉野行幸をされている。右の歌は三、四、五、六年のいずれかに当たる時の御歌である。

「山の神」、「川の神」、「水の神」……、つまり自然のなかに神が鎮まり給うことになる。これは、ゆたかな自然の変化の恵みの中で、自然の恵みを受けて生活する農耕民族がもつ素朴な宗教性ということができる。もちろんそこには同じ山であっても、とくに神奈備と呼ばれる山は、一般に一きわ高く目立ち、容姿が美形なるものであって、たけだけしい山には、「荒ぶる神」が宿ると考えられている。つまり、自然の個性にあわせて、神々の資質が区別される。もし額田王が神に祈ったとして、その対象が、自然界に存在する山、川、木、そのものを対象にしているならば、あたかも汎神論的、もしくは万有内在神論的な神話的世界観の中に生きて祈ったことになろう。それでは、原始的自然崇拝の態度に立ちかえってしまうことになる。宗教の問題となれば多くの議論を要する。

ここでは二つの面から問題を捉えておこうと思う。

一つは主体的観点である。キェルケゴールが言ったように、祈りの対象が何であるかということにもまして、いかにそれに関わっているかの内面性パトスを問題にするとき、額田王においては激変する時代に新しい国家へのイデオロギー（氏族制社会から統一国家へ）の理想にかけた皇太子の嬬となり、御言持歌人となったことが大きな意味をもってくる。皇太子のよき伴侶となることによって一般の女性とは異なった強さをもって「くに」の将来を考え、憂え、額田王にとって可能な、卓越した言葉をもって神に仕え、皇太子の情に応えることができたのである。女性歌人であったが故に、愛することによって裏づけられた一体感をもって皇太子（天智称制天皇）になり代わって言葉を出し、言葉をもって神と天皇の間を媒介する役割を果たしたのである。

深い宗教性に目覚めていない段階においても人は、祈りの心をもつ。祈りが自己自身に関わる生の深淵に由来する実存的意味からではなくとも、かえって自分以外の者のために祈る時にこそ真剣味が増すものである。他者のために祈ることは、祈りの主体的条件を考えてみるならば、相手に対する愛情の発露にほかならないであろう。愛することが相手との一体感にあるとすれば、相手のための祈りが自己の生きることの意味に還元されるであろう。

いま一つは客体についてである。たしかに、山、木、海……が祈りの差し当たりの対象とはなっているが、山そのもの、木そのものが神なのではない。それは、神霊の鎮まります座であって、神はどこからか、多分、上から下がって来られるのである。本居宣長が神の観念を定義して、「あらゆる威力あるものが神である」と述べている。古代人の神観念を端的に代弁している。自然界における威力あるものとは、自然における働きの力に対する表現であり、威力ある働きに対して「神」と敬われたものといえる。そこには、神自体に関するいわば定形なき神々が存在する。

神の「不定性」、いわゆる「形なき神々」についての和辻哲郎の指摘には興味深いものがある。三輪山信仰にしても三輪山の形を対象にしているのではなくて繁茂する樹木が生命の盛んなことを、また時には怒りさえももつ威力が信仰されている。雷神、海神、山神、風神のどこを探しても神々の「もの」に形が見当たらない。日本古代の神々はどこを探しても顔「像」はないのである。同時代の造形作品のなかに、神像が一体も見当たらないのは何故であろうか。

仏教美術の最盛期を誇る時代において、「万葉時代」につくられた神像は一体も残ってはいない。ギリシャ人は、オリンポス聖山に住む神家族十二神をまずは石によって形を彫刻した。その美しい形に刺激され、仏さまたちもまた永遠の形像をもつことができた。しかし日本古代の神々は形をもつことがなかった。それは日本古代人の造形力の貧困さの証言であるのか。そうではなく、万葉時代に神々の顔がないのは、それは形にならない自然の奇《くす》しき働き、「霊《こころ》」、「生命的なものの力」への信仰の故であったのではないか。この「形なき神々」を動かすエネルギーが言葉であり、ここから原理的意味で「言霊信仰」も生まれてくる。

「形なき神々」の霊を動かす言葉は神秘な力をもっている。御言持歌人が神々と天皇を媒介する存在とすれば、神々は自然の威力において天皇を越えて存在する。そうであるからこそ、御霊鎮めの儀礼をもって神々に呪歌を捧げる必要があった。つまり言葉をもって神々を従わせるのではなくて、願うこと、すなわち祈ることの性格が御言持歌人にあったと思うのである。「呪の文字は口をもって兄することで、兄は祝の省略形であり、そこには神に祈る意味と、人に災いを下すことを神に祈る意味の二面がある」（『字源』）。後者が「のろい」で、さらに「まじない」に転化する。御言持歌人の呪歌は言うまでもなく前者である。この点が宮廷歌人、柿本人麻呂の場合も同じく、言葉に祈りがこめられる。人麻呂では、天皇賛歌に形が変えられるが……。前掲の人麻呂の歌についてみても、その片鱗をうかがい知ることができる。カットの部分をいれて、長歌の大意を捉えよう。

……上つ瀬《かみせ》に　鵜川《うかは》を立ち　下つ瀬に　小網《さで》さし渡す　山川も　依りて仕ふる

神の御代かも　（一－38）

反　歌

山川も　依りて仕ふる　神ながら

たぎつ河内に　船出せすかも　（一－39）

「神ながら神さびせすと」と、天皇がさながら神のごとくに神として振るまわれて国見のために山の上にお立ちになられると、春には花をかざし、秋には黄葉をかざして、「山の神」は天皇にお仕え申し上げ、川の神は天皇に「御食事」をさし上げて、お仕え申し上げている。山の神も川の神も、神のごとき神さながらである天皇にお仕え申し上げる神々となった。反歌はそれを要約して、「山も川もあい寄ってお仕えする神にまします天皇は、水のたぎり流れる吉野川の深い淵に船出遊ばすことだ」。左注によれば、持統女帝の吉野行幸に従駕して人麻呂は歌を奏上したが、その年月は不明なりとしている。

天皇の雷丘に幸《いでま》す時に、柿本朝臣人麻呂の作れる歌一首

大君は　神にし座せば　天雲の
雷の上に　廬らせるかも　（三－235）

人麻呂のこの歌はまことに象徴的である。
雷の丘と呼称される場所が飛鳥川のほとりにある。高さ九メートルほどの笹とクヌギと雑木林の、低いとりたててなんということのない丘である。ここに果たして持統天皇は国見のために行幸されたのであろうか。香具山や畝火山ならばまだしも、天皇が国見されるにはいかにも貧弱な、みすぼらしい丘である。千三百年ほど前は立派で

あったかもしれないが、私は持統天皇が国見をされることにもまして、「雷の丘」という「名称」が重要ではなかったかと思う。『日本霊異記』に雄略天皇の命で小子部栖軽《ちいさこべのすがる》が雷を捉えたとの伝説が名称の由来となっているようだが、大君が雷の丘の上にいほりされたことは、雷の神をも支配するにいたったことを象徴的に意味するのではないであろうか。

　このことが思想として成立する根拠は、「やすみしし　わご大王　高照らす　日の皇子……（一‐45）」の天皇賛美の常套語からも明らかなように、天に輝く日の皇子である故に、山川の神々よりも威力があって尊貴なのである。やがてその権威は律令国家の頂点に立つ立法者の権威によって位置づけられよう。人麻呂が「大君は神にし座せば」と大君を神として賛美し、神としてあがめ奉りつつ、天皇への畏敬の情を荘重にして重厚な歌の調べをもって表現したとき、即ち人麻呂が宮廷歌人として、宮廷人の総意を代表して歌ったとき、思想的意味においても、額田王とはおのずからに異なってくる。いずれにしても、日本が律令国家へと成立する過程における宗教性を万葉歌人の詩句から探索してみるならば、このような変化が認識されるのである。

　さて額田王の難訓歌を私なりに解き明かす苦肉の方策として、異質なデンマークの孤高の哲学者キェルケゴールの内面性パトスの宗教性を援用してみた。それはまことに奇異な発想のようではあるが、個人における宗教性の萌芽の意義を探るには普遍的に役立つ条件ではないかと考える。しかしそれは出発点であって到達点ではない。ここに哲学的手法を援用した責任の一端を果たす意味において、キェルケゴールのキリスト教信仰の意義の深化を少し補足しておくことにしたい。

キリスト教的実存哲学者キェルケゴールを主題とすれば、無数の問題点が予想されようが、ここでは「主体性は真理」に対して、次の発展段階では「主体性は非真理」という命題に直面することを知っておく必要がある。「主体性は真理」についてキェルケゴールは、倫理的無償の普遍的愛を掲げるのであるが、罪深い人間には到底不可能である。故に、この世的なるものへの無限の諦めと絶望という実存苦悩の極限に立って「主体性は非真理」の命題に追い込まれる。「罪深き自己への内省と苦悩」は神の愛の深さと広さを求めるにいたる。この宗教的実存の深化は、絶望の極限で聴くところの「貧しき者、悩める者、救いを求める者、弱き者のすべては、吾のもとに来たれ」というイエスの呼びかけである。

「主体性は非真理」を媒介にして究極的に精神の運動は、「客観性が真理」という態度に変換される。客観性とは、この場合キリスト教における唯一絶対の神である。人間は有限であり、神の愛とは無限の隔たりのある「罪深い存在」であって、それ故に究極的には神の前に立って、神の差しのべる御手にすがって、魂の救いと赦しを求めなくてはならなくなるのが、キェルケゴールの立場である。ところで、いうまでもなくキリスト者ならぬ額田王について、彼女が歌人である幸福な地位を失った後の晩年を考える素材として「粟原寺の宝塔の鑪盤銘」があり、それは宗教的人生を考える上での意義深い課題を提供するものということができる。

キェルケゴールと額田王とでは条件の相違があまりにも大きい。時代、文化圏、生活環境、人間関係、はたまた人生観と世界観等々と、詳細に枚挙すればきりなく挙げることができる。にもかかわらず、人生の最終段階において一つの共通点に出会ったこと、そのことを発見したことは、私にとっては驚きであると共に、大きな喜びでもあった。キェルケゴールが四十二歳で「事終われり」と、街の路上に昏倒するまで苦闘し続けた実存の最終的真実、それが『キリスト教の修練』第七節の結びの言葉によって告白されている。

「両親に抱かれたか弱い幼児、あなたと契約を新たにかためた者たち、またこの地上の生活の最もすばらしい意義を体験できた者たち、愛し合う者たち、人生の活動のただ中にいる男たち、家庭で働く女たち、墓の傍らにたたずむ老人たちのために……神による祝福を祈ります」というのである。この言葉は、トールヴァルセンの高きより「わたしのもとに来たれ」の彫像が立っているという、フルェ（聖母）教会での聖餐式が行われた場所での講話がもととなって展開された内容として著述されている言葉である。

この言葉が額田王の「鑪盤銘」（第三章参考）の刻文と微妙に呼応する精神の境地から発せられているのを知るのである。「いづくより来たりしものか」としかいうことのできない不可思議な共通点である。これは人生を真摯に生きると共に、なんらかの宗教心を失うことなく生き通した者への最高の恵みでもあるのだろうか。

註

(1)小島憲之校注『懐風藻』八一頁。

(2)三つの解釈1「皇極天皇代」、2「類聚歌林説」、3「斉明天皇代」に焦点化される。伊藤博・稲岡耕二編『万葉集を学ぶ』第1集参照。

(3)米谷利夫・論攷集『萬葉莫囂考《まんがうかう》』（1956）増補改訂版。

「鎌倉時代の僧仙覚以来、現今に至るまで、約六十の訓があるが、すべて自己の主張により、あるいは都合により、改字して訓んだもの」の指摘は参考になる。とにかく定訓を施すには、あまりにも解釈が錯綜しているということである。

二、近江大津宮時代

1　大津宮の即興詩人

天皇、蒲生野《の》に遊猟《みかり》したまふ時、額田王の作る歌

茜草指　武良前野逝　茜さす　紫野ゆき
標野行　野守者不見哉　標野ゆき　野守は見ずや
君之袖布流　君が袖振る　（一―20）

異伝のあった飛鳥宮時代のものとは違って、額田王そのひとの歌である。ほとんどの人にとって周知の、この歌について改めて歌意を問うまでもないと思うが、字句の解釈を微細に追究すると、例えば「茜さす」の枕詞一つをとってみても、解釈が分かれていて難しいところがある。今はそのようなミクロ的考察はさておいて、歌の全体的把握に視点をおいてみる。

「『茜さす』という枕詞のもつ色彩的イメージと、紫草の生うる紫野ということばの照応しあう美しさが、ことば以上に相聞の場の濃密な情のほてりを感じさせて効果的」（馬場あき子）という歌人の魅力的解釈のように、「紫野ゆき　標野ゆき」のくり返しが華やかな薬猟行事の動的情景を描き出している。その流動性のなかで「君が袖振る」の「君が」の一点が、求愛の合図として額田王の心を捉える。「野守は見ずや」

の言葉は、「袖振る君」をたしなめつつ、あたかも「君」へとゆらぐ心をみずから抑制するためでもあるかのように受けとれる。

このように解釈すると歌意がいかにも「秘めごと」めいてくる。実はこの歌はそのような私的なものではなく、薬猟行事の後で設けられた酒宴の場での即興に供せられたものというのである。したがって『万葉集』における部立も「相聞歌」ではなくして、「雑歌」に属する。今日大方の解釈がそうなっていることは研究者たちの熟知するところであるようだ。額田王の年齢（大化四年を十五歳とすれば三十五歳頃）から考えても、人々の行き交う薬猟行事の情況から考えても、私的に贈答されたのではなく、公の場でのことであったという解釈が正当ではないか。とはいえ、いかに宴席で歌われたとしても、歌の背景には現実の出来事が裏づけとしてあったに相違ないと推定される。事実、「袖振る君」が返歌を贈っている。

皇太子の答えましし御歌

紫草能　尓保敝類妹乎　　紫草の　にほへる妹を
尓苦久有者　人嬬故尓　　にくくあらば　人妻ゆゑに
吾恋目八方　　吾恋ひめやも　（一―21）

「紫草のにほへる妹」の修飾語によって描かれる女性の容姿は、いかにも優雅にして、女性のつややかな美を表現するのに最高のひびきがある。「紫野ゆき」の額田王の声に応じて、大海人皇子が「紫草の」と歌い起こしたのは贈答歌の一技法にすぎないにしても、この言葉には作用する力がある。紫色は当日に着用していた額田王の衣装の色というのである。

左注によれば「紀に曰く、天皇七年丁卯《ひのとうのひ》、夏五月五日、蒲生野に縦猟《みかり》したまふ。時に、大皇弟《ひつぎのみこ》・諸王《おほきみたち》・内臣《うちのまへつきみ》と群臣《まへつきみたち》、悉皆《ことごと》に従へりといへり」とあるように、薬猟行事に従った宮廷人はそれぞれに位階の冠をかむり、冠に応じた服装で装っていたのだろう。

相手を最高級の修飾語で称え、そのようなあなたが憎かったらどうして人妻であるあなたに今さら恋（袖振る）などしましょうか。「人妻故に」と明確な限界を設定しながら、あやうくそれを踏み越えていこうとする大胆な意志の情念が見事に表現されて迫力がある。この答歌を贈った大海人皇子は、すでに天智天皇の人妻であった額田王に対して、なお絶ち難い恋情を抱いていたことになる。

問題はそれほど単純ではないようである。というのは、大海人皇子が実際に袖を振って額田王に愛のメッセージを贈ったとは到底考えられないという見解が出てくるからである。

大海人皇子は若き日、額田王を娶り、額田王は十市皇女を産んだのであるが、それから十数年もの歳月が流れている。額田王は当時としては既に若くはなく、また天智天皇に仕えていたことは、公然のことであったからである。額田王が天智天皇の後宮の一人として『日本書紀』に記載されていないからといって、天智天皇との関係を全く断ち切って考えることはできない。『万葉集』によって告げられているところからすれば、額田王は、天智天皇の人妻と呼ばれてよい条件があったと考えられる。

そのような額田王に対して、大宮人たちが繁く行き交う薬猟の場で人目をはばかりながら、あるいは公然と大海人皇子が求愛の袖を振ったとは、とうてい考えられない。とすればそれはどのように理解することができるだろうか。おそらく酒宴の場での額田王の見事な即興歌に誘発され、あえて大海人皇子が返し歌を当意即妙に歌ったのではないか。額田王はこのような饗宴の場に花を添える即興詞人、いわゆる即興詩人の役柄を担っていたのではないであろうか。

額田王は、白昼、蒲生野を行き来しながら、遊猟後の宴席の雰囲気を雅やかに盛り立てるための即興歌に心を砕いていた。ただ自然の情景を歌うだけでは人々の感興をわかせることができない。それにはどうすればよいか。折しも馬上の誰か、貴公子が袖を翻して去っていったとする。その光景を目にした額田王が、それを巧みに利用して、袖振る君に対して「野守は見ずや」と、「標野」に入ろうとするのを見張る者をおいて、人目をはばかる女心の歌を創作したのかもしれない。

「この作は、もっとも魅惑的な女歌たらんとしたいわば〈みやび〉の〈うそ〉なのだからである……いかにも華やかな遊猟時にふさわしく〈見せ場を心得た派手な〉この作は、半ば自己陶酔的な歌いぶりであって、実際の特定個人に向けて発せられたものでなくてもよかったのである」（青木生子）。

「このばあい額田の『君が袖ふる』の『君』は、誰かの和歌が返ってくるまでは具体的ないかなる人物をも指しているのではない。この歌に反応を示して当意即妙に和したその人がこの『君』に代入される。和した人は皇太子大海人皇子だった。和したその瞬間、皇太子が『標野』に侵入した『君』となって立ち現れたわけである」（伊藤博）。

額田王の巧みな歌い振りが功を奏して、「君って、一体誰なのかしら？」というささやきに座は盛り上がり、即興詞人としての額田王の役柄は、それで充分に果たすことができたはずである。しかしそれはまた、男歌を誘い出す魅惑的な女歌でもあった。予想以上の答歌が大海人皇子によって与えられた。当の額田王自身にとっても衝撃的出来事ではなかったか。そしてこの大海人皇子の大胆さは、饗宴という公的な場においてこそ発揮できたものではなかったか。かの贈答歌は遊宴での即興詞（詩）劇ではなかったか。

この大海人皇子の答歌によって額田王の歌は微妙にゆれ動き、両者の見事な贈答歌となって伝えられる結果となった。そして両者の関係についても更になまめかしい憶測が加わり、はたまたそれが壬申の乱の誘因と拡大解釈されるまでにいたった。とはいえ、解釈の多くの部分が推定に基づいたもので、かつ、宴席で公表されたものという前提に立っている。歌われたままが真実であると解釈しようとするならば、それはそれでよいのではないか。

大海人皇子があえて人々の疑惑を招くような答歌を額田王に贈ったには、別の意味があったからではないか。これは推定の域を出ないが、ありそうなことである。

2　大津宮のさざ浪

都が近江に遷ったのは天智称制六年（667）三月のことであった。翌年の春正月に中大兄皇子は即位し、同母弟の大海人皇子が皇太子となった。大海人皇子の立太子の記事は『天智紀』には見られず『天武即位前紀』には「立ちて東宮と為りたまふ」と記載されている。皇子は正式の皇太子に立てられなかったのかもしれない。但し「皇宮大皇弟《ひつぎのみこ》」「大皇弟《ひつぎのみこ》」の称号が『天智紀』の他の個所に記載されているから（後代の潤色？）、立太子を疑うのは憶説にすぎないともいえよう。しかしそのような指摘があるのは、それまでの兄弟の関係に亀裂のかすかな萌しが見えはじめたことを意味するであろう。難局を脱するために相互が力になりあっている間は意識されなかった両者の結びつきが齟齬をきたしはじめていたと推測される。

数年前、大敗を喫した白村江の戦い（663）から受けた傷痕は大きかった。外敵の襲来に備えて壱岐、対馬、筑紫に防人、烽を置き、また筑紫に水城を築くとともに内政の充実が図られた。さらに新政確立と国防のためあえて近江遷都が断行された。

遷都に先立つ天智三年（664）五月には、唐の百済鎮将・劉仁願の命により、朝散大夫《ちょうせんだいぶ》・郭務悰《かくむそう》が筑紫に訪れた。翌四年、唐の使節・劉徳高を案内して郭務悰は

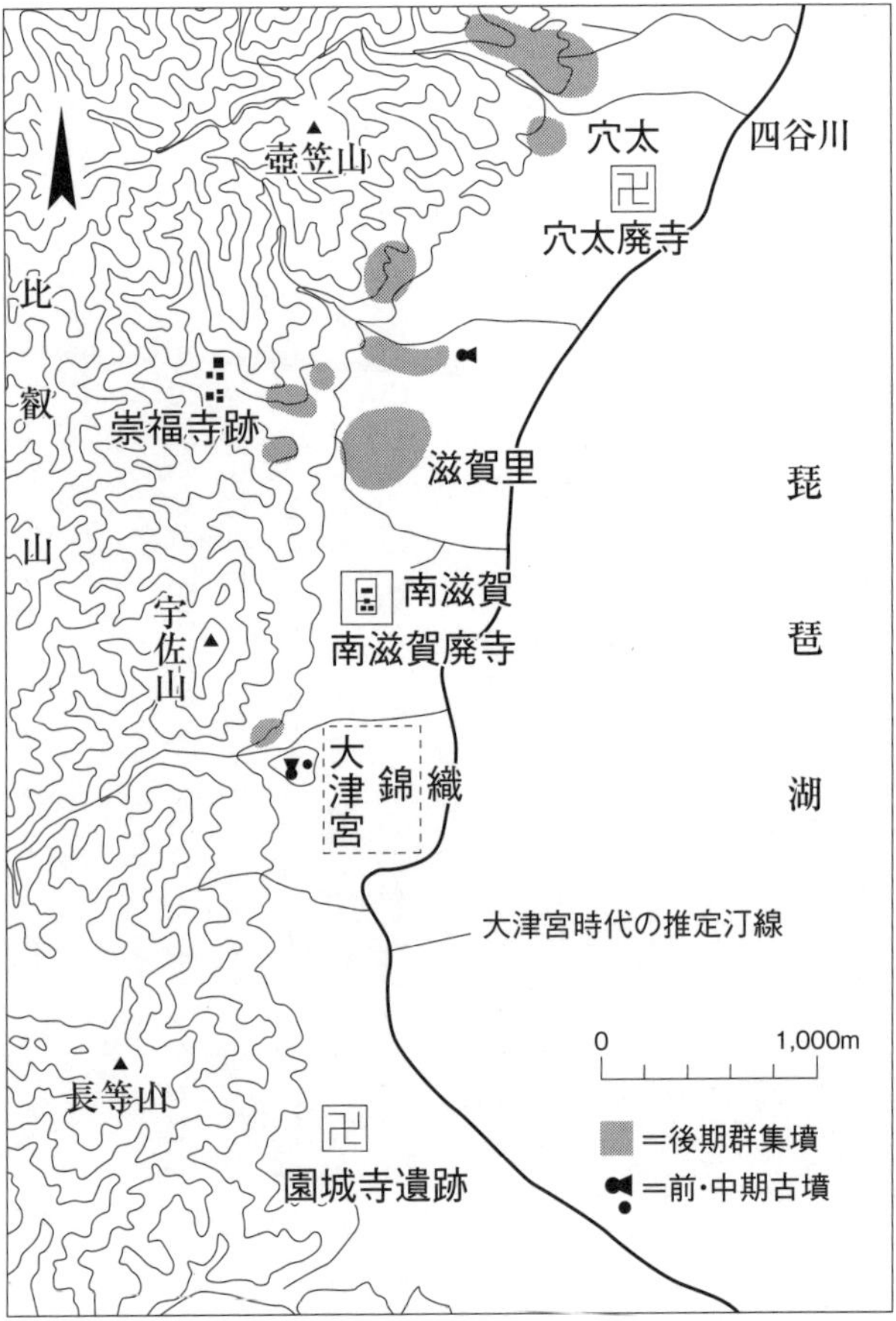
壺笠山
穴太
四谷川
穴太廃寺
比叡山
崇福寺跡
滋賀里
琵琶湖
南滋賀
南滋賀廃寺
宇佐山
大津宮
錦織
大津宮時代の推定汀線
0
1,000m
長等山
園城寺遺跡
=後期群集墳
=前・中期古墳

大津宮付近地形図

再度、対馬から筑紫にいたった。従者二百五十四名を引きつれての使節団の来訪であったと『紀』にある。国防態勢を整えながらの外交政策が功を奏したのか、近江遷都後には唐による侵略への不安も薄らぎ、大津宮は平和をとりもどし、活況を呈しはじめた。天智天皇が内政の確立に全力を注ぎはじめた頃より大海人皇太子の立場が徐々に疎外されつつあったのではないか。

折しも天智七年（６６８）夏五月五日、これ迄の緊張を一挙に解き放つかのような一大イベント、薬猟行事が琵琶湖の東海岸にひろがる蒲生野（現在の八日市市、旧蒲生郡）においてくりひろげられた。梁の宗懍《そうりん》（六世紀の人）撰『荊楚歳時記《けいそさいじき》』によれば、「五月は俗に悪月と称し、禁多し」とあり、毒気を抜く行事が行われたということである。

五月五日の行事は、推古女帝の頃から日本にも伝えられて、推古十九年に「夏五月五日に菟田野に薬猟す。鶏鳴時《あかつき》を取りて、藤原池の上《ほとり》に集ふ……」とある。従者、皆の者はそれぞれに位階の冠に応じた色の服装で装い、髻華《うず》（冠に添える飾り）に金銀、豹尾、鳥尾をつけて参加したとある。皇極元年にも行われたということであるから、天智天皇も即位にちなんで華麗な薬猟行事に意気も高揚していた。この催しは皇極元年以来のことであった。とりわけこのような行事の後の酒宴の席は、一層賑やかで楽しい雰囲気のものであったにちがいない。その盛り上がった雰囲気に対して大海人皇子は一種の違和感をもっていたのではなかったか。額田王の歌詠（琴舞を伴うものであったか）に対して、あのような大胆な答歌をした大海人皇子の意識の底に、天智天皇の心にゆさぶりをかけようとした暗い情念が働いていたのではなかったか。「天智帝、あなたは、私をどのようにお考えになっていらっしゃるのでしょうか」と。

天智天皇の唯一の迷いは皇位継承問題ではなかったか。この時、大友皇子は二十一歳。『懐風藻』によると「魁岸奇偉《かいがんきい》」「風範弘深《ふうはんこうしん》」「眼中精耀《がんちゅうせいよう》」「顧盼煒燁《こべんいよう》」とある。『文選』からの形容詞によって修飾されているとは思われるが、逞しく立派であったことは確かであろう。容貌は大きくて逞しく、風采は広大で、深遠な雰囲気を漂わせている。瞳に輝きがあって振り返って見るときに、目もとが涼しく、視線がキラリと光るらしい。母が伊賀臣の娘で、采女宅子娘というところが次期天皇候補としては条件の弱いところである。このような大友皇子の成長振りをみるにつけても、皇位は大友皇子にという情愛に心奪われる天智帝ではなかったか。これまでの兄弟関係とその実力と、兄弟皇位継承の慣習からしても、大海人皇子が天智天皇の継承者であることは、自他ともに許していた。にもかかわらず天智天皇は骨肉の情愛に引かれて悩んでおられたにちがいない。一説によると「近江令」において、皇位は兄弟継承ではなく、嫡子継承であることが法文化されていたにちがいないということである。

天智天皇のその迷いに揺さぶりをかけた言葉、あるいは天智天皇の反応を窺うために意図して出した不穏な言葉ではなかったか。おそらく天智天皇は、大海人皇子の答歌を耳にして、その真意は何かと一瞬の疑念を抱いたであろう。しかし場所は酒宴の席である。大海人皇子の巧みな歌詠ぶりが座興を盛り上げ、一同による喝采となり、賑やかに酒宴の幕は下ろされた。

短命に終わった近江朝の歴史においてこの夏の薬猟行事の一日は忘れ難い華やかさを人々の脳裏に刻みつけたのではないか。

逆説的見方をすれば、大海人皇子による白日下の愛情表現が、現実の出来事としてあったならば、かえって額田王はあのような歌を、公開の席で披露しなかったのではなかったか。むしろそれが、額田王の純然たる創作であったが故に、心軽やかに、大きな身振りでご披露に及んだものと考えられる。

女性は大抵の場合しのぎを削る権力の争いの埒外におかれることが多い。その点についてはいささか鈍感なところがあり、額田王とても例外ではなかったのではないか。彼女は詞人として、周囲の者たちと楽しく過ごすことに無上の喜びと満足をもつ単純性をもっていたにちがいない。詞人としての彼女はその場に合わせて歌う。饗宴に侍る人々のすべてに対して共感と親しみを与えるためには、ゆたかな風景描写に、ロマンの薫る物語を織り込んで歌うこと。限られた文字数にそれを濃密に溶かし込むのは容易なことではない。天皇、皇太子、内臣、群臣の打ち揃う面前で、品位を保ちつつ、人々の自由な想念を刺激する歌をつくる。それは難しいが、額田王は、その場の雰囲気を感受して言葉を選び、言葉を駆使することのできた才媛であった。言葉の魔力を習得して、それを操って饗宴のヒロインとなることのできた教養豊かな即興詩人であることが、額田王の近江朝での生き方ではなかったか。

遊猟後の事件として『大織冠伝』は次のような記録をしている。

帝召二群臣一、置二酒浜楼一、酒酣極レ歓、於レ是、大皇帝以二長槍一、刺二貫敷板一、帝驚大怒、以将二執害一、大臣固諌、帝即止之

天皇は群臣を召されて、浜楼、琵琶湖畔のある場所で酒宴を張られた。宴たけなわとなった頃に、酔った大海人皇子が突然に傍らの長槍をつかみ、帝の足もとを突き刺した。天智帝は顔色を変えて驚き、怒り心頭に発して、ただちに皇子を捕まえてその場で打ち殺そうとした。その時、鎌足がなかに入り、これを固く諌めたので事なきを得、天智帝は大海人皇子の殺害を思い留められた。

この出来事は、秋七月頃と考えられる。『天智紀』にその頃「舎人等に命じて、宴を所所にせしむ」とある。この一件は酒宴における座興というには、あまりにも過激な行動である。

これは明らかに大海人皇子の天智天皇に対する鬱勃とした不満が爆発し、それが表面化された出来事であろう。この日に表面化された天智天皇にたいする不満は、二ケ

月前の遊猟の日に大海人皇子の意識の底で淀んでいたものと同じと思われる。わだかまりの根源は天智、大海人皇子の公私にわたる長い過去に由来するにせよ、その第一は皇位継承をめぐる確執にあったことは否めない。皇位継承者が大海人皇子であることを自他ともに許していたにもかかわらず、そのような一般性を突き崩そうとする天智天皇の骨肉の論理が、何か危険な方向に向うかのようである。

長槍事件は大事にいたらず、翌年夏五月五日にも、山科野に悉くを従えて遊猟したようたが、この時の歌詠は残ってはいない。

3　大津宮 —— 文雅のあけぼの

近江大津宮に天の下知らしめしし天皇の代（天命開別天皇《あめのみことひらかすわけのすめらみこと》）、天皇、内大臣《うちのおほまへつきみ》藤原朝臣に詔《みことのり》して、春山の万花《ばんか》の艶《にほひ》と秋山の千葉《せんえふ》の彩《いろどり》とを競憐《きほ》はしめたまふ時、額田王、歌を以ちて判る歌。

冬木成　春去来者
不喧有之　鳥毛来鳴奴
不開有之　花毛佐家礼杼
山乎茂　入而毛不取
草深　執手母不見
秋山乃　木葉乎見而者
黄葉乎婆　取而曾思努布
青乎者　置而曾嘆久
曾許之恨之　秋山吾者

冬こもり　春さり来れば
鳴かざりし　鳥も来鳴きぬ
咲かざりし　花も咲けど
山を茂み　入りてもとらず
草深み　とりてもみず
秋山の　木の葉を見ては
黄葉をば　とりてそしのふ
青きをば　おきてそ嘆く
そこし恨めし　秋山吾は

（一－16）

「春山の万花の艶」と「秋山の千葉の彩」が対になって美を競う。

額田王は美声の持ち主であったのだろう。調子のよいリズムで春の訪れが歌いだされたとき、満座の人々は陽光に輝く春を想い描く。鳥が鳴き、花の咲く春、それはたしかに素晴らしい。しかし「花も咲けど」の「ど」をバネにして情景は一転し、秋の風景に趣が移っていく。春山は緑が茂り、春草が繁茂していて、花を取りに入ることもできない。けれども秋山はどうかしら。色づいた黄葉を手に取って見るならば、その中にも千葉の変化に似た彩がありますよ。

秋山の彩は、たしかに春山よりも素晴らしいと、言葉に誘いこまれて、満座の人々は共感する。

次の瞬間に流れがかわり、

青きをば　おきてそ嘆く　そこし恨めし

秋山の趣も満点というわけにはいかない。「そこし恨めし」と、気分を反転させておいて、でもやはり秋山のほうか、私は……となる。

秋山吾は

「私は」の次にどのような言葉を入れればよいか。「秋山をよしとする」「秋山を優れているとする」ということになれば判別の基準が問題となろう。ただ「……のほうが好きだ」ということになれば、これはロゴスの世界ではなく、パトスの問題となり、理屈ぬきで好きであってよい。勅題の「競憐」、すなわち競い憐びしたまふの「あわれび」は、喜びにも悲しみにも通ずる強い感動というから、競憐は感性の問題と言ってよいであろう。春の肯定と否定のそれぞれ二句を、秋の肯定と否定にそれぞれ一句を当てているのも、判別の関心が、聴衆の心理に即応して展開されるからである。聴衆は作者の意図を測りかねて途惑う。その途惑いを受けながら額田王はゆっくりと、秋山に軍配をあげる。思わず喝采を送る。彼女は聴衆を意識して即興的に歌い、人々は詩情の世界に誘い込まれて、その必要がなかったからではないか。ここで額田王の役目は終わったので、反歌がないのは、その必要がなかったからではないか。喝采があれば、それをもって反歌と見做してもよいではないか。

デンマークの作家アンデルセン（1805〜75）の『即興詩人』は、即興詩人とは何か、の秘訣を次のように厳しく条件づけている。

「……そは閨情、懐古、イタリア風土の美、芸術、詩賦等、何物にも付会し易きものあるを用ひ、又、人の喝采を博すべき段をばまず作って諳んじて置くことを得る事なり……」「喝采の声絶ゆるときは、その芸術は死なん……」（森鷗外訳）。

即興詩人は、聴衆に馴染みやすい詩の素材を用い、喝采をうける術を心得、それを演出する才能に恵まれていなくてはならない。この点から考えても、額田王を即興詞（詩）人と呼ぶことにやぶさかではないものと思われる。

近江の都、大津宮は短命であった。

およそ五年数ケ月にして灰燼に帰し、十数年後には廃墟と化し、「……大宮はここと聞けども……」と歌われたほどに、その所在も分からないように荒廃してしまっていた。

幻の大津宮が徐々にその存在を示しはじめたのは、近来の発掘調査の成果であるが、それによれば、大津宮は灰燼に帰したのではなく、柱がすべて抜き取られたもので、その痕跡が検出されているということである。この点については『懐風藻』の記述の信憑性が問題になるにしても、その記述によって大津京の文雅を彷彿として偲ぶことができる。序文を引用しておこう。

「及二至淡海先帝之受一レ命也。恢二開帝業一。弘二闡皇猷一。道格二乾坤一。功光二宇宙一。既而以爲。調レ風化レ俗。莫レ尚二於文一。潤レ徳光レ身。孰先二於學一。爰則建二庠序一。徴二茂才一。定二五禮一。興二百度一。憲章法則。……後略」。

この序文によれば、「淡海先帝（弘文天皇を念頭においての表現）即ち天智帝は天命を受けて即位したまい、その事業を広め開き、はかりごとをひらきひろげられた。その功業はあまねく天下にかがやき渡った。風俗を整え、民を強化するには、文より貴いものはなく徳を養い、身を立てるためには、何よりもまず学問が優先する。そこで学校を建て、英才を召し、五礼を求め、もろもろの法規を興し、定められた。おきてにきちんとした法則があって、規模が弘遠なことは、遠い昔よりこのかた無いことである。豪華な宮殿がそびえ輝き、天下はよくおさまって無事平穏。ゆったりとして暇の多い朝廷は文学の士を招き、宴が開かれた。天子みずから詩文を作られて、民下たちは讃辞を献上した。美しく飾った詩文は、ただ単に百篇だけでなく、それ以上多くあった。たまたま世の乱れを経過し、それらの詩文は、悉く灰燼に帰してしまった」[1]。

近江朝以降には、詞人がしばしば輩出したという。

『天智紀』によれば、白村江の敗戦後、百済からかなり多数の亡命者が渡来し、朝廷はこれらの渡来者に対して田を給し、また官位を与えた。これらの人々の努力によって近江朝には学校が建てられ、法律制度が整えられるとともに学問、文芸の水準が高められた。

『懐風藻』序文のように、常に近江朝廷が天下泰平で、暇があったとはいえないにしても、朝廷においては文学の士を招き、酒宴を開いて、数多の君臣唱和の詩が詠ぜられたことは確かであろう。いわゆる中国詩の模倣で始まる「詞人」たちが輩出した。その詩風が壬申の乱後の詞人、皇子たちへ継承され、独自の仕方で展開されていったことは『懐風藻』に示されている。このような漢詩風の詩歌が花開き始める頃に『万葉集』十六番歌にみえる額田王の「春秋判別の歌」は、六朝詩の影響がみられるとはいえ、漢詩によってではなく「以レ歌判」、すなわち歌を以て判別するという創作態度がとられていることが、女性歌人の独特な境地を拓いたことになるのではないか。「この春秋あらそいの歌が宴席で口誦され、その場に居る人々の共感を誘い、興趣を盛り上げながら歌われた。いわば『見る文学』ではなく『聞く文学』あるいは『歌う文学』として享受されたことはその表現からも推察される」[2]。「見る文学」としてばかりではなく、「聞く文学」、「歌う文学」として捉えること、この見地からすれば、「春秋判別の歌」のもつ即興詩的性格がよく分かる。「歌は心の音楽」（犬養孝）の言葉にあわせていえば、歌人の心が自然と響きあい、こだまする。あるいは他の人々の心と共感し、自他融合のムードのなかで、言葉をリズムにのせて歌うのである。「歌う人」も「聞く人」も、一体となって溶け合い、陶然とした世界をつくり出す。このような技を可能にする歌人を即興詩人とすれば、額田王は、そのような技をもった専門歌人であった。したがって「春秋判別の歌」は、ひと度口ずさむと、きわめてリズミカルに全体が脳裏に刻印されていて離れない。最初の句が口をついて出ると、あとは淀みなく、水がすこやかに流れるごとく、次の句が口をついて出てくるのである。

額田王の歌はおよそ巻一、二に集中している。例外的に巻四と巻八に各一首がある。巻八は巻四の類歌となっているので、巻四の一首をここにとりあげておく。それは鏡王女との関係を推定できる根拠となるからである。鏡王女は、近江の鏡王を父となす、の意味で額田王とは姉妹関係にあるとされてきた。後に姉妹説に疑惑がもたれた。というのは舒明天皇陵の近くに鏡王女の陵のあることから、舒明天皇の皇女説が出されたからである。それも推定の域を出ない。巻四の歌はむしろ姉妹説にかたむく歌と見做すことができるので、姉妹説をとる私には貴重な歌である。
『大織冠伝』の伝える長槍の一件があった翌年、天智八年十月に鎌足が没した。額田王の姉と見做される鏡王女（舒明天皇の皇女とすれば姉ではない）との間に交わされたと推定される歌がある。

額田王の近江天皇を思ひて作れる歌一首

君待つと　わが恋ひをれば　わが屋戸の
すだれ動かし　秋の風吹く　（四－488）

鏡王女の作れる歌一首

風をだに　恋ふるは羨し　風をだに
来むとし待たば　何か嘆かむ　（四－489）

晩秋の頃、鎌足がこの世を去って一年ほど後の時に、額田王は鏡王女を訪れた。秋の風が激しく簾を動かしている。風は思う人が訪れる予兆なのだという俗信を思い出して歌を詠み、近頃お姿の見えない天智天皇を念《おも》ったのである。これは鏡王女にとっては手痛い歌になったかもしれない。かつては天智天皇の愛を受けたこともある鏡王女は、わが妹に天皇の心が移ったのを知った時は、恨めしくさえ思ったこともあった。その後に鎌足に愛されて幸せになったと思ったのも束の間、その鎌足がこの世を去ってしまった。風の便りであっても、元気な近江天皇を待つことができるのは羨ましい限りですよ。お待ちすることができればどんなにか嬉しいことでしょう。思いがけない姉の鏡王女の嘆きを聞いてしまった額田王は、鏡王女を傷つけたのを恥じて、姉のご機嫌を直すのに苦労したのであった。鏡王女の薨は天武十二年七月五日である。前日には「天武天皇、鏡姫王の家に幸して、病を訊ひたまふ」のである。

4　天命将及乎《みいのちをはりなむとす》

天智天皇は鎌足が病床に伏すと、親しく鎌足の家に幸して見舞っておられる。数日後の八年十月十六日に藤原内大臣は薨じた。前日に、天皇は、鎌足に大織冠《だいしきのかふり》と大臣の位を授けたのである。その時の使者に大海人皇子が立てられている。長槍の一件以来、鎌足の二人の娘氷上娘と五百重娘とが天武天皇の後宮となっていることから推して、大海人皇子は鎌足により好意を持ちはじめていたようである。

その年の暮、天智天皇は多数の渡来人たちを蒲生野に遷し、翌年春二月に戸籍を造り、「同月天皇は蒲生郡《がもうのこおり》の日野にお越しになり、宮を造営すべき地をご覧になった」と『天智紀』(3)にある。天皇は立地条件から考えて、変形的な大津宮を湖東の蒲生野に遷そうとひそかに考えておられたのか。

天智十年春正月、「大友皇子を以て、太政大臣《おほきまつりごとのおほまへつきみ》に拝す。蘇我赤兄臣を以て、左大臣とす。中臣金連を以て、右大臣とす。蘇我果安臣・巨勢人臣《こせひとのおみ》・紀大人臣《きのうしのおみ》を以て、御史大夫《ぎょしたいふ》（大納言）とす」。

この人事による官僚組織は、天智天皇の近江朝についての姿勢をうかがわせるものである。通説によれば、「天智即位元年の近江令によるとされるこの太政大臣は、懐

- 〔后〕倭姫王（父古人大兄皇子）
  - （無し）
- 〔妃〕遠智娘（父蘇我倉山田石川麻呂大臣）
  - 大田皇女
  - 鸕野皇女
  - 建皇子
- 〔妃〕姪娘（父蘇我倉山田石川麻呂大臣）
  - 御名部皇女
  - 阿閇皇女
- 〔妃〕橘娘（父阿倍倉梯麻呂大臣）
  - 飛鳥皇女
  - 新田部皇女
- 〔妃〕常陸娘（父蘇我赤兄大臣）
  - 山辺皇女
- 色夫古娘（父忍海造小竜）
  - 大江皇女
  - 川島皇子
  - 泉皇女
- 黒媛娘（父栗隈首徳万）
  - 水主皇女
- 越道君伊羅都売
  - 施基（志貴皇子）
- 伊賀采女宅子娘
  - 大友皇子（伊賀皇子）

風藻の大友皇子伝に『総二百揆一』『親二万機一』とあるように天皇に代って国政を総理するものとみなされ、皇太子摂政の伝統におうもの」とされている。

このように大友皇子を頂点として近江朝体制を形成しようとする天智天皇の構想はやがて挫折を経験しなくてはならなくなった。それは天智天皇にとって最も恐ろしいことのためであった。天智十年九月（或本に云はく八月）「天皇寝疾《みやまひ》不予したまふ」。さらに十月十七日「庚辰《かのえたつのひ》に、天皇、疾病《みやまひ》弥留《おも》し」と病状悪化が記されている。

天智天皇が中大兄皇子として正史に初めて登場したのは、舒明十三年（６４１）で、父舒明天皇崩御の時である。この時皇子は十六歳。

天皇の殯《もがり》の席で誄《るい》を述べ、にわかに皇位継承者の有力候補として脚光をあびることとなった。しかし大化のクーデター後、孝徳天皇、斉明天皇の東宮として陰の活躍を続けて二十三年、敗戦の苦渋を味わい、近江遷都を断行したその翌年、六六八年に即位し、ようやくにして天皇の位についた。新政の頂点にあって「近江令」を制定し、「庚午年籍」を造り、外来文化を摂取して、学校を建て、学問を奨励し、徐々に律令国家としての体制を整えていったのである。おそらく天智天皇の胸中には、地形的に、碁盤目状に区画された宮城が構築不可能な大津宮から出て、より広大な地域を求めて、一層大規模な京を建てようとの夢があったと考えられる。そのさ中に天智天皇は病にかかり、病はますます重くなり、「死への不安」が天皇の心を脅かしていたのではないであろうか。

ここにおいて、御仏の慈愛によりすがって、心の安らぎを得ようとしたのか、延命を願うためであったのか、天智天皇の心はひたすらに御仏に向かっている。十年十月八日に、内裏において「百仏の眼を開けたてまつる」、「是の月に、天皇、使を遣わして袈裟・金鉢《こがねのはち》・象牙《きさのき》・沈水香《ぢむかう》・栴檀香《せんだんかう》、及び諸々の珍財《めづらしきもの》を法興寺（飛鳥寺）の仏に奉らしめたまふ」と『天智紀』にある。

天智天皇は本来合理主義者であった。「周孔の教《のり》を南淵先生の所《もと》に学ぶ」と『皇極紀』にあるように、若き日に受けた儒教思想、いわゆる政治的天命思想、あるいは道徳的天命思想をもって律令国家の理念に生涯を賭け、多くの困難を排除して所思を貫いてきた合理主義者であった。例えば、寺院の建立にしても、宗教的意図だけではなかった。今日の発掘調査によって宮殿を囲む地域に当時のものとしての四寺院の跡が検出されるが、その配置から言って、城郭的性格の一面を有するものではなかったかとされている。例えば、古代ギリシャ、ローマの丘に建つ神殿がそうであったように。大津を防御する意味も兼ねて交通の要衝に計画的に配置されたものと考えられ、これらに囲まれた錦織、南滋賀、滋賀里、穴太の地域が『大津京』であったと推定されている。四寺院のうち崇福寺は、天智天皇の誓願によって建立されたと伝えられているが、それを建立した天智天皇の本来の意図については、草むらに残る礎石は、いま何も語ってはくれないにしても、その山腹の位置から防衛的意図が推測される。

生涯の最後にさしかかった天智天皇の第一の憂慮は、おそらく大友皇子の立場の不安定なことについてであり、ついで、吾が身の亡き後、このように築き上げてきた業績を誰が、どのように発展、完成させてゆくかということではなかったか。すなわち、大友皇子に対する血縁的関係と、天皇としての、いわば使命の自覚のようなものの意識との相剋が、病軀の苦痛にもまして、天智天皇の心を悩まし続けてきたにちがいない。この公私相剋の苦悩から、私情を殺して生み出された帰結は、皇位を大海人皇子に譲り、大友皇子の立場を含め、すべての後事を大海人皇子に託そうということであった。

天智天皇は、皇太弟を枕辺に呼び、譲位の意志を告げる。その時大海人皇子は、天智天皇の真意に疑いを抱いていた。かえって身の危険を意識して、断然とこれを拒絶したのである。この拒絶は、予め、蘇我安麻呂による「おことばに御注意を！」の警告に従ったままで、というのであるが、ただそれだけであろうか。そうばかりではなく、大海人皇子の心底には、天智天皇に対する猜疑心が根強く働いていたのではなかったか。時には残酷な行為に出ないともかぎらない。同時に、政治感覚と政策についての見解の相違が天智天皇の提言に素直に従えなかったところがあったとも推定される。

大海人皇子は即刻に剃髪し、武具のすべてを朝廷に差し出して、吉野入りを決行したのである。しかしおそらくは天智天皇にはそのような陰謀はなかったのではなかったか。もし陰謀があったとすれば、古人大兄皇子の時のように、大海人皇子を密かに追跡し、命を狙うこともできたであろうに、そうはしなかった。それは何故か。病に冒されていて、その気力がなかったのか。しかし病の故にかえって早く大海人皇子に刃を向けることもあると考えられる。しかし苦難を共にしてきた大海人皇子に対しては、これまでのような非情な態度をとることができなかった。大海人皇子によるところの、倭大妃に皇位を譲り、大友皇子を皇太子に、そして自分は仏門にという提言を、天智天皇は信じることにしたのであろうか。というのは皇位継承が暗礁に乗り上げるときには、先例に従って、女帝による中継天皇を立てるのも、道理のあるところだからである。とにかく、十一月二十五日、左大臣蘇我赤兄をはじめとする五大官は誓った。大友皇子は、「手に香鑪を執りて、先づ起ちて誓盟ひて曰はく」、
「六人心を同じくし天皇《すめらみこと》の詔を奉《うけたまは》る。もし違ふことあらば、必ず天罰を被らむ」と涙ながらに誓盟った。二十九日には、臣等五人は大友皇子を奉り、天智天皇の御前そのものにおいて盟約を結んだのである。天智天皇はその盟約に希望を繋ぎとめながら、十二月三日近江宮で崩御された。時に御歳四十六歳であった。

その頃『紀』には、失火、童謡、鼎の鳴る音などの不吉な予兆を告げる記事がある。

5　近江朝女性挽歌

近江朝挽歌は、倭大后四首、婦人一首、額田王二首、舎人吉年一首、石川夫人一首の計九首、作者五人から成っている。

額田王による一五五番の殯宮離散の時の歌を除けば、その他は、ほぼ同一の場所（琵琶湖畔）なので、それらを一挙に取り上げておこう。

天皇聖躬不予《おほみみやくさ》みましし時、大后《おほきさき》の奉れる御歌一首

天《あま》の原　振《ふ》り放《さ》け見れば　大君《おほきみ》の
御《み》寿《いのち》は長く　天足《あまた》らしたり　（二－147）

一書に曰はく、近江天皇、聖軀不予御病《みやまひ》急《には》かなりし時に、
大后の奉献れる御歌一首

青旗《あをはた》の　木幡《こはた》の上《うへ》を　かよふとは
目には見れども　直《ただ》に逢はぬかも　（二－148）

天皇崩《かむあが》りましし後に、倭大后《やまとのおほきさき》の作りませる御歌一首

人はよし　思ひ止《や》むとも　玉鬘《たまかづら》
影に見えつつ　忘らえぬかも　（二－149）

天皇崩りましし時に、婦人《をみなめ》が作れる歌一首

うつせみし　神に堪《あ》へねば　離《さか》り居て　朝嘆く君　放《さか》り居て　わが恋ふる君　玉ならば　手に巻き持ちて　衣《きぬ》ならば　脱ぐ時もなく　わが恋ふる　君そ昨《きそ》の夜《よ》　夢《いめ》に見えつる　（二－150）

天皇の大殯《おほあらき》の時の歌二首

かからむの　懐《こころ》知りせば　大御船《おほみふね》　泊《は》てし泊《と》まりに　標結《しめゆ》はましを（額田王）　（二－151）

やすみしし　わご大君の　大御船　待ちか恋ふらむ　志賀の辛崎（舎人吉年）　（二－152）

大后の御歌一首

鯨魚取《いさなと》り　淡海《あふみ》の海を　沖放《おきさ》けて　漕《こ》ぎ来る船　辺《へ》付きて　漕ぎ来る船　沖つ櫂《かい》　いたくな撥《は》ねそ　辺つ櫂　いかくな撥《は》ねそ　若草の　夫の　思ふ鳥立つ　（二－153）

石川夫人の歌一首

ささ浪の　大山守は　誰がためか　山に標結ふ　君もあらなくに　（二－154）

以上の全ては挽歌に属する。

「挽歌」の言葉の由来は漢の劉邦（勝者）と斉の田横（敗者）との間にまつわる悲惨な物語（史記）をもとにして歌われたもので、「霊柩車を挽く時の車を挽く人が歌う歌」ということであった。悲しくも、傷ましいこの物語は、挽歌のもつ悲哀性をよく表現しているが、万葉挽歌は、必ずしも「棺を挽く時の歌」とばかりは限らない。巻二の有間皇子の自傷歌は、挽歌の冒頭に位置づけられている。それは挽歌というよりも辞世歌、もしくは旅の歌に類するものであった。しかし、それに対する追和歌を含めて「棺を挽くとき作るにあらずといへども、歌の意《こころ》を准擬《なぞ》ふ。故《ゆえ》に挽歌の類に載す」（一四五の左注）とあって、死者への哀傷の意が挽歌に準ずるものとせられる。個人の悲しみを歌うという万葉挽歌の個性が、ここからも知られる。すなわち、元来棺を挽く時の歌であったものが、『万葉集』では、ひろく人の死に関する歌が集められ、例えば辞世の歌、伝記中の人物についての歌、病気快癒を祈る歌等が含められる。

有間皇子の自傷歌に次いで記載されている近江朝挽歌が「万葉挽歌」の先駆をなすといえようか。前章の「船出の歌」の個所で触れた、蘇我倉山田石川麻呂（中大兄皇子に無実の罪を問われて無念の故に自害）の娘造媛（父を追って自害）を悼んで、野中川原史満が歌を作って、悲しみに浸る中大兄皇子を慰めたという『天智紀』の悲歌もすでに挽歌に属するのではないか。満は、渡来人系の人物で中国挽歌の影響のもとにあるとはいえ、悲哀と嘆きを皇太子と共有している。すなわち個人の死を個人として悼み、偲んでいるので、偲びの挽歌の形をなし、記紀葬送歌とは、おのずからに異なった抒情性をもってくる。斉明天皇の建皇子を悼む挽歌、あるいは、筑紫で崩御した斉明天皇の御霊が海を渡って飛鳥へ帰る途中、中大兄皇子が口号された挽歌などを受けついで、近江朝挽歌が成立する。葬送歌とは区別された万葉挽歌の構造について魅力的な解釈がある。

「無数の人間の中で一人の人へと収斂してゆく思い。思い出の中に現出するのは一人対一人の絶対的関係である。他のすべての関係を否定することで成り立つこの絶対的な関係は、むしろ心情の中においてのみ現出可能な反現実的な関係を獲得したとき、もっと言えば、この心情内の絶対的な関係が表現の中に獲得されたとき、抒情詩が成立するのである。死者は思い出の中にいきいきと息づき恋する人間は、思い出の中に絶対的な関係を築きあげることで、生の充実の向こうに死をかいま見る」（佐佐木幸綱）。

死者は、作者の心の中で生き続けているにもかかわらず、現実には決して甦ることのない死の事実、この現実と心情との間に横たわる絶対的断層、すなわち生と死の狭間から流れでる悲哀と嘆きを表現したもの、それが挽歌の個性である。

では、冒頭に掲げた挽歌群を振り返ってみよう。

天智挽歌は個性的な要素と共に、儀礼的な側面も備わっている。それは天皇の葬送儀礼に関わってくるので、そのように見られるのであるが、それはただの外見にすぎない。律令国家建設の夢半ばにして病に倒れられた天皇に対する悲しみの歌はあくまで個別的でもある。女性による歌のみというのも異例のことである。不予の時、崩御の時、大殯の時、陵退散の時というように時の順序を追って歌が献上されている。

まず倭大后による三首。すなわち一四七、一四八、一四九番歌は天皇の病状悪化につれて、それぞれの時に歌われたものである。

最初の歌の頃は、病状が進みながらまだ回復の見込みがあり、祈りの言葉を捧げることによって生命に活力を与えようとしている。「天の原振り放け見れば……」という二句の強い調子は、偉大な力に依りすがろうとする意志の表れである。天の原は天空ではなく、より具体的には天智帝の病室の天井を指している（岡野弘彦）という説があるが、私はむしろ「天は天つ神の座ます御国」という『古事記』の意味からして神聖な領域を意味している（稲岡耕二）という説に賛成したい。「……大君の御寿は長く天足らしたり」の「長く足らす」は、寝室の梁から結んで、垂らしてある縄葛であろう（『顕宗紀』の室寿）。それは家主の命の堅固さや、富のしるしという民話と関連して言われているが、たとえそうであったとしても、やはり、上から下がる縄葛に依りすがって、祈りを天に坐ます天つ神に届けようとするものと思われるので、ここでも天空説をとっておきたい。

この御歌は、神聖な力に依りすがり、祈りの呪歌を捧げることによって、天皇の延命を願うもので、挽歌というよりは言挙げの呪歌に類する。挽歌に入れられているのは、大后の心の悲しみの深さを挽歌になぞらえたからである。

次の青旗の歌は、病状急かに悪化し、危篤状態になった時の歌であろう（「一書に曰はく」を一四八番の題詞と解釈する）。

「青旗の木幡」の枝のかすかなゆらぎによって、身体を離れた魂が行き交うのを、心の目を凝らして見ることができる、身体をもった現実の人としては、対面することは不可能だ、と言う。木幡を地名としたり、魂を誘う旗とはせずに、素直に青々とした木立と考えておきたい。「青旗の木幡の上をかよふとは……」。青々と繁茂する樹木の葉が風の誘いによって揺れている。それは身体を抜け出した天皇の御霊である。「……目には見れども直に逢はぬかも」。この段階では最早、魂は身体を抜け出して、再びもとの状態に招魂することはできない。この歌も「聖軀不予御病急かなりし時」に大后が奉った歌で、純粋な挽歌には属していないことになるであろう。

ついに天皇はお隠れになった。

「天皇崩りましし後」の倭大后の御歌。「人はよし思ひ止むとも玉鬘……」、たとえ、人が忘れ去ってしまったとしても、私にとって天皇は、玉鬘のような面影として見え続けて忘れることができない。「……影に見えつつ忘らえぬかも」。鬘は影の枕詞で、鬘の「影」と、天皇の面影の影が重なりあう、すなわち現実のカゲと、心情においていだくカゲとが二重になって大后の心によって、面影は絶えることなく、心の内につなぎとめられていくのである。

このように聖軀不予—危篤—崩御に至る「時」の劇的変化が倭大后の三首によって辿られているのは、病から死に至る帝王の最後に瞳を凝らし、息をひそめて、注視し続ける無数の人たちの無言の思いが背後に集中しているのが察知される。

この段階の歌として倭大后と並んで、姓氏未詳の「婦人の歌」がある。「婦人」は誰であるかを詮索することはできない。特別に天皇の身のまわりの世話をし、天皇の身近に仕えていた婦人であろう。「うつせみし神に堪へねば……」、この世の人間では、とうてい神に近寄ることができないのだから、神になられた天皇にお逢い出来ずに、朝夕恋い慕って嘆いてばかり。「……離《さか》り居て　朝嘆く君　放《さか》り居て　わが恋ふる君　玉ならば　手に巻き持ちて　衣《きぬ》ならば　脱ぐ時もなく……」。君が玉であったら、手に巻き付けて、君が衣ならば、決して脱いだりはせずに身に着けていましたものを、玉でもなく、衣でもない君は遠い彼方の天に神として昇ってしまわれたので、どのように私は嘆き悲しんだことでしょうか。その、私の恋しく思う君が昨夜は夢にあらわれたと。恋い慕う思いを肌に直接触れるもので表現するこの婦人は、天智帝と最も身近に触れあいをもっていたことを想像させる。「昨の夜　夢に見えつる」の表現には、作者の切実な思いが込められている。と同時に相手の君が能動的に立ちあらわれてきていることを意味する。君を求めて夢とうつつをさ迷っているかのようである。

殯の儀礼がとり行われる。

天皇の大殯の時になって、額田王と舎人吉年の名が出てくる。続いて、倭大后と石川夫人の挽歌もこの時期の作歌であろう。倭大后の長歌を除くと、他の三首は互いに触れあうものをもち、反響しあっている。やや情景に変化のある倭大后の長歌を最後におく。

まず額田王が歌う。このようなことと分かっていたならば、大御船の泊っていた港に標を結っておき留めしておきましたものをと。

この大御船を受けて舎人吉年の歌が続く。大君の大御船がくるのを、志賀の辛（唐）崎は恋い慕ってお待ちしているでしょうが、いくら待っても空しいことなのに。

石川夫人は、額田王の「標結はましを」を受けて、ささ浪の大山守（御山守）は、いったい誰のために標を結うのでしょうか。山の持ち主の天皇はもはやおいでにはならないのにと。

舎人吉年も石川夫人も伝未詳。古代の天皇の周囲には実に多くの女性たちが侍っている。天智天皇においては『紀』に名が挙がっているだけでも倭大后以外に、妃が四人いる。遠智娘、姪娘、橘娘、常陸娘と、その他に宮人《めしをみな》たちが四人、色夫古娘《しこぶこのいらつめ》、黒媛娘《くろめのいらつめ》、越道君《こしのみちのきみ》伊羅都売《いらつめ》、伊賀采女宅子《いがのうねめのやかこ》娘などが挙がっている。すべて天智帝の皇子女を産んだ女性たちで、額田王の名がないのは、子がなかったからであろう。むしろ、舎人吉年は額田王にとっての身近な存在であって、一方倭大后の傍に仕えた女性として石川夫人の存在があったのではないか。したがって石川夫人の挽歌は大殯の時ではなく、倭大后の長歌が奉献された時に付随した挽歌ではなかったか。歌詠の指導はあるいは額田王によってなされていたように推定されるが……。

　殯とはモアガリ（喪上）のこと、すなわちカムアガリのことでもある。天皇とその縁故ある貴人の死を言うので、アラキ（殯、新城）とも言われる。敏達天皇の十四年の条に天皇が「大殿に崩りましぬ。是の時に、殯宮を広瀬に起つ」とある。『天智紀』では「十二月の癸亥《みづのとゐ》の朔乙丑《きのとうしのひ》（三日）に、天皇近江宮の崩りましぬ。癸酉《みずのとのとり》（十一日）に、新宮に殯す」とある。新しく建てられた宮殿で、天皇の喪が埋葬（本葬）されるまで死体が安置され、種々の儀礼、例えば歌舞楽奏が行われた。この殯宮の儀礼には天智天皇を偲ぶ数々の誄が奏上されたには違いないが、その記載は残っていない。天皇御自身は十六歳の時に、東宮開別皇子、即ち中大兄皇子として誄が奏上され、いずれ皇位継承者となられる皇子にちがいないと衆人の注目を浴びた。

天智天皇の「大殯の儀礼」ではその記録がなく、額田王と舎人吉年の挽歌二首の奉納が『万葉集』にある。額田王と舎人吉年の挽歌での主要な語句は、「大御船」の言葉と、地名の「辛崎」である。

「大御船」は、生前に舟遊びをされた時のものではなく、「現地ではおそらく古代水葬儀礼の名残で、遺骸を湖上に浮かべる儀式があったのであろう。その情景を歌にした（広岡義隆）」のが額田王の大殯の時の歌であるという解釈に賛同したい。大御船が「泊てし泊まりに」、湖岸に停泊していた「大御船」が湖上に浮かんで舳を南に向けて動きはじめた。その動きを引き留めようとする心の抵抗と葛藤が重なって、「かからむの懐知りせば」、このようになるのを知っていたならば、もっと早く「標結はましを」と、心で叫んでみても、現前に大御船は湖上を滑りだしている。同じく舎人吉年の歌にも喪船が意識されてはいないかということである。大御船を「待ちか恋ふらむ志賀の辛崎」と歌うが、この「大御船」もやはり「喪船」ではないかということである。現在唐（辛）崎は大津市の北辺に当たるということである。古代は船着き場であったから、船の出航といえば、まず唐崎の地名が連想される。しかし、天智帝の御霊を運ぶ「大御船」は、唐崎がいかに恋い慕い待っていたとしても、唐崎に行くことはない、という意味ではないだろうか。

なんとなれば、「大御船」は南の方向に進路をむけているのであるから。「遺骸はそこから水路をとって瀬田川をくだり、山科へ向かって運ばれた。山科とは鎌足の眠る地である（中西進）」。この時を、額田王が詠み、「喪船のとも綱がとかれ、冬の波を分けて船影が消えていった時」、舎人吉年が歌ったのだと。二人とも喪船を見つめて詠んでいるのは確かに有りうるのではないか。

さて、大御船は何処まで水路を辿ることができたか。瀬田川から宇治川への連絡は不可能（広岡）であるとしても、大御船が琵琶湖上を、南に舳を向けて航行したということは十分に想定することができる。

倭大后は湖上に浮かぶ喪船を目で追いながら長歌を詠んだ。

倭大后は古人大兄皇子の女・倭姫王である。古人大兄皇子は、舒明天皇の夫人・法提郎媛が生んだ長子である。舒明天皇の皇后であった皇極女帝の子の天智、天武天皇とは異母兄弟となる。法提郎女は蘇我氏の系統で、そのほうから言えば山背大兄王のほうが蘇我氏に近く、複雑な権勢関係のなかにあった。山背大兄王は入鹿に追いつめられて自害をした。大化改新後の皇極女帝の退位に当たって、古人大兄皇子は、孝徳天皇に皇位を譲って、吉野に身を隠されたのである。ではあるが、若くして亡くなっておられるようなので、謀反の疑いをかけられて、他殺かの憶説も立てられている。しかし中大兄皇子は即位に際して、義兄の女・倭姫王を皇后に迎えられた。御子に恵まれなかったので、皇后には寂しいところがあったにちがいない。

天智帝の崩御という形容し難い苦痛と孤独を体験して倭大后は、見事な万葉歌人となった。この時以前の歌はないので、詞人による代作説も出てくるわけである。とすれば、一体その詞人とは誰であるのか、の新たな疑問が生まれてくる。たとえ詞人による代作であったとしても、倭大后の心を心として歌ったものであり、多くの人たちによって秀作の一つに挙げられている。

「鯨魚取り　淡海の海を……」、この冒頭の句が湖面の遥かな広がりを示す。沖と辺との二句対二連となっている。

鯨魚取　淡海乃海乎　　いさなとり　近江の海を
奥放而　榜来船　　沖放けて　こぎ来る船
辺付而　榜来船　　辺つきて　こぎ来る船
奥津加伊　痛勿波祢曾　　沖つ櫂　いたくなはねそ
辺津加伊　痛勿波祢曾　　辺つ櫂　いたくなはねそ
若草乃　嬬之　　若草の　夫の
念鳥立　　思ふ鳥立つ　（二ー153）

上から下まで、善から悪までと、反対の語句を使用することによって全体を表わすことがある。そのように遥かな沖から岸辺までの湖面全体が視野に入ってくる。湖上を行き交う船よ、どうか船を漕ぐ櫂で、ひどく水を撥ねないでおくれ。そうでないと、ああ、夫の思う鳥が飛び去ってしまうではありませんか。

「夫の思ふ鳥」は、生前に夫が愛していた鳥の意味となるが、鳥は魂を運ぶともいわれているから、この鳥は、死者の魂そのものと言ってよいであろう。本来鳥は大空を自由に駆けめぐるものであるから、今にも大空の彼方へ飛び去ってしまうのではないかという、おそれおののく倭大后の悲傷の情感が静かに伝わってくる。万葉の歌には船の歌が八首ほどある。そのほとんどが「赤ら小船」「赤のそぼ船」「丹塗の小船」「さ丹塗の小船」であり、その中に一首、「漆屋形、黄漆《にぬり》の屋形《やかた》（十六－３８８８）」の船がある。その頃の黄色は「黄土」であって、「今の黄色を含む赤色」（中西）である。

例えば「黄葉」を「紅葉」と書いて、ともに「モミチ」と呼んでいることからしても妥当であろう。「黄漆の屋形」の主は、「海島の魔王」（『播磨風土記逸文』）であるらしいから、天智帝とは関係がないが、挽歌の「大御船」を想像するとすれば、「黄漆の屋形」のような形体であったかもしれないと考えてみるのも一案ではないであろうか。

倭大后の歌に続いて、ひっそりと寄り添うように付加されている「石川夫人の歌一首」はどのように位置づけられるであろうか。

石川夫人は伝未詳。天智帝の妻ではないから、倭大后に仕える宮人ではないか。額田王の歌の「標」は、「大御船」を引き留めるための標であった。石川夫人において は琵琶湖を遥かに取り巻く山々に目が向けられる。あるいは山をもって近江朝が象徴 されていたかもしれない。「神楽浪《ささなみ》」は琵琶湖西南部一帯の古名で、大津宮のあたり を広くさした地名と言われる。「ささ浪の　大山守は　誰がためか　山に標結ふ ……」。石川夫人の歌の「標」は大山守が山を守るための「標」である。大山守は誰 のために標を張って山を守っていくのでしょうか、「……君もあらなくに」。主がいな くなった大山は大丈夫なのでしょうか。天智帝を失って近江朝は大丈夫なのでしょう かという不安な呟きさえ聞こえてくる。

殯宮の儀は滞りなく終わり、天智天皇の喪は、山科の鏡の山の麓に埋葬されること となった。埋葬の儀に関する歌は額田王による長歌一首だけが伝えられている。

山科《やましな》の御陵《みはか》より退《まか》り散《あら》くる時に、額田王の作る歌一首

やすみしし　わご大君の　かしこきや　御陵仕ふる　山科の　鏡の山に　夜は も　夜のことごと　昼はも　日のことごと　哭のみを　泣きつつ在りてや 百磯城《ももしき》の　大宮人は　去き別れなむ　（二－155）

「やすみしし　わご大君の」から始まって、御陵の埋葬される場所が示される。「か しこきや　御陵仕ふる　山科の　鏡の山に」、すなわち「御陵として仕える山科の鏡 の山」ということになる。天智天皇の御陵となった鏡の山の麓で葬りの儀式が行われ

た。

「夜はも　夜のことごと　昼はも　日のことごと　哭のみを　泣きつつ在りてや」、昼は昼とて、夜は夜とて、夜となく昼となく、声を出して泣きつづける。この表現は、たしかに天皇葬儀の伝統的哭礼、匍匐《ほふく》礼を歌にしたものであろう。その儀礼的動作の中に額田王の私的哀傷も溶け込んでいることだろう。埋葬儀礼が終わって、泣き続けていた大宮人たちもいまや散り去って行こうとしている。

「百磯城の　大宮人は　去き別れなむ」

この歌は、埋葬にあずかった近江朝の大宮人を前にして額田王が集団の哀傷を代表する挽歌として発表したものであろう。これをもって天智天皇に仕えた宮廷詞人としての最後の役柄を果たしたことになる。やがてこの作品が柿本朝臣人麻呂の宮廷儀礼挽歌へと継承されていったものと考えられる。

歌が九首、女性作者五名からなる壮麗ともいえる近江朝天智レクイエムは、永遠の哀傷を伴って淡海の海に漂い、こだますることとなった。

倭大后の聖躯不予の歌から始まって、殯宮離散の歌に終わった近江朝挽歌は、額田王にとってどのような意味をもっていたであろうか。この時すでに大海人皇子との間に生まれた十市皇女は、大友皇子の妃となり、葛野王を産んでいる。天智帝崩後の翌年正月、大友皇子は即位したのではなかったかといわれている。『日本書紀』にその記載がなく、皇位継承にその部分が欠落していたが、『扶桑略記』『大日本史』に記載されている大友皇子即位の記録が認められて、明治三年、明治天皇は、大友皇子に「弘文天皇」と諡《おくりな》された。とすれば、十市皇女はやがて弘文天皇の皇后となる身分である。倭大后とともに額田王は、近江朝の行方についての責任の一翼を担う立場におかれているのを意識していたのではないだろうか。このような立場からくる緊張感が挽歌において私的哀傷が極度に抑えられる結果となった。また、額田王は、女性歌人のなかではリーダー的役割をしていたように考えられる。

天智帝を失ったより深い哀傷は、壬申の乱による近江朝壊滅によって、まさしく身肌を切り裂かれるような激痛となって、額田王の心を傷つけ、凍らせたことであろう。饗宴の花として華やかであった額田王は、以後歌わぬ人となったのである。十市皇女の死に臨んでさえも愛娘に挽歌を捧げることはなかった。それは何故であろうか。『万葉集』に残された歌人としての額田王の最後の足跡は、およそ二十年ほど後の持統女帝の頃と考えられる弓削皇子との間に交わされた贈答歌である（次章のテーマ）。

ここで天智帝について少し触れておきたい。

天智帝にも謎が多い。その一つに何故近江へ遷都されたかということである。

「……いかさまに思ほしめせか」の思いがする。政治の刷新、白村江での敗戦後の国防の重要性などが挙げられる。一応は納得しつつも、なお釈然としないものが残る。その疑問を解き明かす一つの条件として、五、六世紀における大津周辺の産業文化の発達に目が向けられてもよいのではないか。

遷都以前から、そこにはかなり高度な産業技術があったと推定される痕跡がある。それは大津市滋賀里の天智天皇ゆかりの崇福寺跡近くに、百穴古墳と呼ばれる群集墳があることである。「直径一〇メートル前後の小古墳が山腹に集中し、その数は一〇〇基を超える。群集墳は百穴古墳だけではない。大通寺、大谷、穴太といった古墳も同様の群集墳で、あたり一帯に存在する小円墳は、分かっているだけでも約六〇〇基、破壊されたものを含めれば、一〇〇〇基以上にもなる(4)」という記録を読んだ。

その頃、比叡山麓にある崇福寺のあたりを探訪してみたことがある。私としては崇福寺跡を訪ねるだけでも道なき山坂道をあえぎながら登っていって、ようやくにして崇福寺跡顕彰碑の建つ所まで辿りついた記憶がある。

古墳がこのように密集していることは、大津付近一帯に渡来人の相当数が居住していたことを示すもので、須恵器や土師器はもとより、木製の容器、農具、履物、琴《こと》柱《じ》、櫛、漁業用の土錘《おもり》や浮子《うき》などの出土品から、農耕生活、または漁撈生活を営む人々の生活様式が推定される。さらに土木技術、機織り、瓦づくり、製鉄等についてもかなり高度な技術をもっていたのではないかと言われている。そのような外来文化の発達に対して天智帝の目が向けられたであろうことは、無理なく理解できる。

万葉七番歌の「秋野の回想歌」によっても知られるように、皇極女帝の行幸に従って天智帝は若い頃より近江を訪れることがあった。すでにその頃より近江における渡来文化の発達に刮目するところがあり、渡来人のエネルギーを政治体制のもとに吸収しようと考えておられたのではなかったか。

天智帝は宮都としては大津よりも蒲生野が適していると思われたか、そこに多数の渡来人を移住させ、宮処《みやどころ》（一つの候補地としてか）を見定められている。今日の蒲生野を見ても、たしかに飛鳥の地よりも遥かに眼界の開けた近江盆地が展望される。しかし遺憾なことに天智帝は、志を遂げずして病にかかられたのである。死はいかなる人も避けることのできない運命である。多くのことを為し遂げつつ、最終コースのゴール前で、ついに取り返すことのできない挫折を体験せざるをえなかった天智帝の口惜しさを思いあわせるならば、近江朝女性挽歌の歌声が一層に哀調を帯びて胸に迫るものがある。

註

(1)『懐風藻』序「遠くは天智近江朝より、奈良朝（平城京）に及ぶまで、百二十篇（現在本は数首欠く）、整えて一巻と成る。作者六十四人、詳しく姓名を記し、これに併せて、官爵と郷里と詩篇の始めに書き示す。……時に天平勝宝三年歳辛卯に在る冬十一月なり」と。

(2)『萬葉集講座』第三巻(有精堂):久米常民「萬葉集の場と表現」参照。

(3)宇治谷孟『日本書紀』(下)全現代語訳　講談社学術文庫(2003)参照。

(4)石原進・丸山竜平『古代近江の朝鮮』(新人物往来社、1984)参照。

三、飛鳥浄御原宮・藤原京時代

1　壬申の乱後の明日香

壬申の乱（672）は大王位継承をめぐる内紛を要因としながら日本古代における最大の争乱となり、歴史の歩みに大きな変革をもたらした。『万葉集』について言えば、「それが実は、万葉集という歌集を生み出した始動力ではなかったか」とさえ言われる。少なくとも巻一と巻二は乱の触発によって内容が豊かになった。それに壬申の乱は、万葉の第一期と第二期とを分ける分岐点でもある。

争乱を起こした要因について三点が挙げられる。

1、天智天皇の近江朝後継者大友皇子と、天智天皇の実弟大海人皇子との間に起こった大王位争奪をめぐる内紛。

2、氏族制から律令制という政治的、経済的な国の変革の過程において起こるべくして起こった争乱。旧豪族と新体制との間、または豪族内の対立によって醸成された摩擦の過熱が発火点に達した。

3、白村江の大敗による国防上の危機感は、高句麗が唐に滅ぼされ（668）、新羅は唐との協力体制を捨て、半島から唐を駆逐しようと攻撃（669）を加えたので、かえって日本は外敵侵入の危機を免れたが、国際的にみても統一国家形成の機運が高まっていた。天智帝の亡きあとの近江朝には、その任に耐える力量がないとの認識が大海人皇子にはあったものといえる。大海人皇子は近江脱出の機会を窺っていたのか、素早く対応して吉野に引きこもったことについて、あるひとの曰はく「虎に翼をつけて放てり」と。

吉野で準備された大海人皇子の挙兵は六七二年六月二十四日の吉野出発から始まり、七月二十三日に大友皇子が山前《やまさき》で自害するまでの一ケ月ほどで勝敗が決定する。戦乱は終結したが大海人皇子が大和へ帰ったのは九月十二日で、およそ二ケ月ちかくが戦後処理のために費やされた。

近江朝重臣五人の行方を追ってみると、右大臣中臣連金だけが死刑、左大臣蘇我赤兄と御史大夫巨勢人臣は流刑。残る御史大夫二人のうち、蘇我果安臣は戦場にて自害。紀大人臣は赦免される。このように処罰は最小限で食い止められたと言われるが大津京は徹底的に破壊され、『懐風藻』によれば悉く灰燼に帰したとある。皇位争奪という内紛の一面があるだけに、敗者に対する同情の念を禁ずることができない。しかし近時の発掘調査によれば太柱の多くが抜き取られた痕跡があるということである。

大海人皇子が天武天皇として飛鳥浄御原宮で即位されたのは六七三年二月二十七日。[1]これを天武元年として、天智天皇の崩御が六七一年十二月三日であるから、弘文天皇の即位があったとすれば六七二年が当てられる。飛鳥浄御原宮の所在は現在も確定されてはいないようだが、推定によれば舒明、皇極天皇の岡本宮のあった南側、最近では飛鳥板蓋宮伝承地のあたりではないかとの説が有力のようである。天皇号の制定は天武帝からとされる。

　天皇は左右大臣を置かずして鸕野皇后をはじめ、皇親を中心とする政治をとった。天武十年（６８１）に律令の制定に着手、同年に国史編纂の開始（後の『古事記』『日本書紀』）、天武十三年には八色の姓を定めて官僚制を整え、すでに藤原京の造営にも着手されていた。これら律令制定、国史編纂、都城建設、文化的には宗教改革という国家建設の大プロジェクトを完成しないままに天武天皇は朱鳥元年（６８６）九月九日に崩御された。「即ち殯宮を南庭に起つ」と天皇の功績を称える数多の誄が献上され、また歌舞が奏上されている。天武天皇の喪は持統称制二年十一月に「檜隈大内陵」に埋葬された。従って、殯宮の儀は二年二ケ月余に及んだことになる。挽歌は鸕野皇后のが唯一である。

　天皇の崩《かむあが》りましし時に、大后《おほきさき》の作りませる御歌一首

やすみしし　わご大君の　夕されば　見《め》し賜《たま》ふらし　明《あ》けくれば　問《と》ひ賜《たま》ふらし　神岳《かむをか》の　山の黄葉《もみち》を　今日《けふ》もかも　問ひ給《たま》はまし　明日《あす》もかも　見《め》し賜はまし　その山を　振《ふ》り放《さ》け見つつ　夕されば　あやに悲しび　明けくれば　うらさび暮らし　荒栲《あらたへ》の　衣《ころも》の袖《そで》は　乾《ふ》る時もなし　（二―１５９）

わが大君は、夕べがくればご覧になるであろうし、朝になればお尋ねにもなるであろう。その神丘の黄葉を、ご在世ならば今日もお尋ねになったであろうし、明日もご覧になるであろう。必ずやそうされるに違いない、その山を遥かに遠く見やりながら、夕方になると言いようのない悲しみに襲われる。夜が明けて来ても、一日を鬱々として過ごし、喪服の袖は、涙に濡れて乾く間もございません。天皇崩御は六八六年九月九日であるから黄葉のシーズンで、飛鳥の神名備山が紅葉に彩られはじめる頃。常ならば天皇とご一緒に山並みを観て楽しむであろうと思うと、口惜しくて涙する。「荒栲」は喪服を意味し、「和栲」と対照的で、荒い繊維で織ったもの。その荒々しさが皇后の寂莫とした心情をよく表わしている。白村江の戦い、壬申の乱の戦場にも、常につき従って苦楽をともにして、理想を貫いてきた天武天皇に先立たれた鸕野皇后の悲しみはいかばかり深いことであったろうか。

『持統天皇称制前紀』の条「二年に、立ちて皇后と為りたまふ。皇后、始めより、今に迄《いた》るまでに、天皇（天武）を佐《たす》けまつりて、天下を定めたまふ。つねに侍執《つかへまつ》る際《あひだ》に、すなはち言《こと》、政事《まつりごと》に及びて助け補ふところ多し」と、皇后は常に天皇の政治の支えとなっていたよき協力者であった。「深沈にして、大度有します」とあるように思慮深くて、重厚な態度を示している。天智帝の娘ではあり、礼儀正しくして、謙虚であったということ。次の二首は皇后の作であるかどうか疑問視されているが引用しておこう。

一書に曰はく、天皇《すめらみこと》崩《かむあが》りましし時の太上天皇《おほきすめらみこと》の御製歌《おほみうた》一首

燃ゆる火も　とりて裹《つつ》みて　袋には
入《い》ると言はずや　面《おも》知る男雲　（二－160）

北山に　たなびく雲の　青雲の
星離《さか》り行き　月を離《さか》りて　（二－161）

問題は題詞の太上天皇である。これは大后とすべきところ編集の過程で手違いがあったのではないか。内容的には「天皇崩りましし時」の招魂歌である。燃える火さえも、取って包んで袋に入れるというではないか。そうならば御姿を知る男雲よ。御霊を包んで、引き止めておいてくれ。死者の魂を引き止めようとする呪歌に類する歌。

次の歌の第一句の万葉仮名は、「向南山《きたやま》」。南に向かう山として「北山」と訓む。白雲に対する「青雲」を「男雲」と捉え、天皇霊の所在を示す。青雲が星を離れ、月をも離れて、北山の彼方に去ってしまうのを引き止めることはできないと。天皇御霊との別れを雲に託して詠んでいる。天武天皇は「天文、遁甲によし」と『天武紀上』にあるように天体の動きに強い関心をもっていた故に、空を仰ぎ、雲の動きに託して御霊の行方を偲んだのである。

天皇の没後八年目の御斎会の夜、夢の中で習い詠んだという長歌一首がある。作者名が記載されていないが、「御歌」とあり、内容的に持統天皇の御歌と思われるので、このほうも挙げておく。

天皇崩《かむあが》りましし後八年九月九日、奉為《おほみため》の御斎会《ごさいえ》の夜、
夢のうちに習ひ給へる御歌一首　古歌集の中に出づ

明日香の　清御原の宮に　天の下　知らしめしし　やすみしし　わご大君
高照らす　日の皇子《みこ》　いかさまに　思ほしめせか　神風の　伊勢の国は
沖つ藻も　靡《なび》きし波に　潮気のみ　香《かを》れる国に　味《うま》ごり　あやにともしき
高照らす　日の皇子《みこ》　　　　　　　　　　　　　　　　　（二―162）

夢のなかで幾度も繰り返し、自然におぼえられた「夢裡作歌」。夢とうつつを彷う歌が幾首か万葉にはあるがこれは典型的である。歌体の形式からしても、定型のリズム、五七句の反復と、五七七句をもって結ばれずに、字余り句、字足らず句があふれている。もちろん長歌定型を創造したのは柿本朝臣人麻呂であり、その影響外の作と考えるならば、特に問題にするほどではないかもしれないが、不思議な歌である。人麻呂が持統朝に宮廷歌人として召されたのは、持統称制三年（689）四月十三日に薨去された皇太子草壁皇子尊の殯宮に奉仕するためであった。以後の人麻呂の活躍は宮廷においてよく知れ渡っていたにちがいない。宮廷歌人としての初登場が巻二の

「日並皇子尊の殯宮の時に、柿本人麻呂の作れる歌一首并せて短歌（二‐167〜169）」である。

上掲の「夢裡作歌」は天武天皇が崩御されて八年後の御斎会の時の歌詠で、持統天皇七年（693）九月九日のことである。長歌の定型を無視した歌い振りは、持統天皇の独自性を推定させる。「高照らす日の皇子」は、人麻呂が草壁挽歌において使用した天武天皇への尊称であって、人麻呂の常套句であった。これが持統天皇の脳裏に刻まれていて自然に詩句となった。「いかさまに　思ほしめせか」も同様である。「あやにともしき」は、一五九番の挽歌、「あやに悲しび」と同じ用法で、女帝好みの表現であったのか。とにかく、この歌は「日の皇子」までの長々とした八句の修飾語が夢のなかで習い詠むというイメージを彷彿とさせるのである。「いかさまに思ほしめせか」、すなわち、「いかような御叡慮であったのか」と疑問符を挿入して、以下突然に伊勢の風景が現れる。この歌のユニークさは、実に次の詩片にあると思う。

……神風の　伊勢の国は　沖つ藻も　靡きし波に　潮気のみ　香れる国に
味ごり　あやにともしき　高照らす　日の皇子……

神風の吹く伊勢の国は、沖つ藻がなびいている波に、潮気が立ち煙るばかりの土地であるというのに、なんとも心引かれる国よ、とひたすらに伊勢の国を恋しがっておられる。この情景の解釈には諸説があるが、壬申の乱と結びつける北山説に同調しておきたい。

御斎会の日は、壬申の乱からおよそ二十一年が経過している。天武帝の偉業を継ぐ女帝は、数々の夥しい政務に追われて、壬申の乱のことは記憶の底に閉じ込めて、意識から締め出していたにちがいない。それが僧尼を集めて読経供養を終えた御斎会の夜、女帝は軽い眠りに襲われた。その時、亡き夫の夢を見られたらしい。そして夢のまどろみのなかに、閉じ込められていた記憶が甦ってきたのである。それは壬申の乱の時のこと、不安を抱きながら、吉野を出発して三日目に、朝明郡の迹太川《とほがわ》の辺から、伊勢の海を望み、アマテラス大神を遥拝した（現在はＪＲ関西線の桑名から一駅奈良寄りに、朝日の駅名がある）。

大海人皇子は、朝日を遥拝して東国に軍を進めて行ったのである。十一歳の草壁皇子を伴って、同じく鸕野皇女自身もつき従っていった。ここにいたるまでの途中、鈴鹿の山中では、暴風雨にさらされ、すっかりずぶぬれになったこともあった。しかし、絶えず勇気と決断をもって、戦いに挑んでいった大海人皇子の勇姿が夢の中にあらわれて、「味ごり　あやにともしき（まことに、まことに懐かしく）」、強い感動が夢うつつの持統女帝におこり、「ああ！　高照らす日の皇子……」と、思わず声を出して呼びかけた。その御自分の声に「はっ」と驚いて、持統女帝は、まどろみから目覚められたのである。そこで後の言葉が消えて、未完成のままになっているのでは……。

ところで題詞にある御斎会は『持統紀』に記載がなくて、翌日の事項に「無遮大会《かぎりなきをがみ》」のことが載っている。「丙申《ひのえさるのひ》（十日）に、清御原天皇の為に、無遮大会を内裏《おほうち》に設《まう》く、繋囚《とらはれびと》、悉《ことごとく》に原《ゆる》し遣《や》る」とある。無遮大会とは、僧俗貴賎の区別なく、供養布施をするところの大法会である。持統女帝は、乱のもたらした多くの犠牲を改めて思い出されて、天武天皇の威徳を偲ぶためにも、御斎会に引き続いて翌日、無遮大会を催すと同時に、囚人の悉くの罪を許されたとある。特に囚人解放のことは詳細には不明であるが、古代にはしばしば行われている。

翌年の持統八年十二月六日に宮は藤原京と遷っていく。

ここで少し額田王に立ち返っておこう。

天武天皇の御斎会に参加して額田王の胸中をよぎったのは、二つの大きな悲しみであった。その一つは娘の十市皇女のこと、今一つは、ある機会に特別に親密になった一人の男性の死である。その人が病のためにこの世を去ったのはこの半年前である。愛娘の十市皇女をこの世から奪ったのも病であった。しかし彼女を病に追い込んだのは悲運に翻弄されたからともいえる。十市とは関係のない一人の男性も間接的ではあるが戦争の余波は受けている。戦争は恐ろしい。とりわけ無力な女性にとっては傷つくことばかりである。十市皇女の場合、大友皇子が弘文天皇として即位して近江朝が安泰であったならば、皇女は皇后の身分であって、葛野王という嫡男もいる。平和な生涯を送ることができたはずである。彼女にしてみれば近江朝の無残な敗北などは夢にも考えられなかったに違いない。考えなかったからこそ、大海人皇子の近江脱出に際しては、鮒の包み焼きに託して、危険信号を父に送ったのではなかったか。父大海人皇子を慕うが故に、皇子を敵視する近江朝の重臣たちの手の届かないところへ逃がしたいと念じたのではなかったか。

後世の『宇治拾遺物語』の伝説によって、十市皇女は鮒の包み焼きに密書をひそませて、吉野方に危険を知らせたのだという話がまことしやかに流布された。それは伝説にすぎないとしても、十市皇女は大海人皇子に父性の愛を抱いていたことは確かであろう。血縁のなせる深い繋がりから湧出する純粋な情感である。それ故にこそ、飛鳥浄御原宮で即位、天武天皇となった大海人皇子は、できるかぎり自己の庇護のもとに十市皇女を置こうとして、「倉梯の河上に堅つ」天神地祇《あまつかみくにつかみ》を祀る宮の斎王のことを考えた。しかし天武七年四月七日に十市皇女は謎の死を遂げたのである。

「十市皇女、卒然《にはか》に病発《やまひおこ》りて、宮内《みやのうち》に薨《みう》せぬ」と『天武紀下』にある。私は書紀の記載を信ずるが、「卒然に」の言葉を捉えて自殺と見做す解釈も出てくる。これによって斎宮を倉梯の河上に建てることが中止された。「遂に神祇を祭りたまはず」として、四月十四日「十市皇女を赤穂《あかほ》に葬《はふ》る。天皇、臨《みそなは》して、恩《めぐみ》を降《くだ》して発哀《みね》したまふ」。おそらく額田王は、葛野王を囲んで十市皇女と共に飛鳥浄御原のどこかに居を構えて、ひっそり生活をしていたと推定される。額田王は十市皇女の薨に出合い、胸も潰れるような衝撃を受けたことであろう。愛娘に挽歌も贈っていない。だから額田王は冷たい女性との批判もあるが、この時には歌う気力さえも喪失していたのではなかったか。ここにいたって額田王の胸中に去来するものは、彼女が愛した人たちが次々とこの世を去って行ったという悲しい記憶が彼女を苦しめていたにちがいないということである。

十市皇女に対する高市皇子の挽歌三首がある。それはいかばかり額田王の心を痛めながらも、慰めたことであろうか。

十市皇女《とをちのひめみこ》の薨《かむあが》りましし時に、高市皇子尊《たけちのみこのみこと》の作りませる御歌三首

三諸の　神の神杉　夢《いめ》にだに
見むとすれども　寝ねぬ夜ぞ多き　（二－156）

「三輪山の神杉のような神々しいあなた。せめて夢にだけでも見ようとするけれども、皇女を失った悲しみに、いたずらに眠れない夜の何と多かったことよ」

神山の　山辺真麻木綿　短木綿
かくのみからに　長くと思ひき　（二－157）

「三輪山の山辺にまつる麻の木綿のように、短い契りであったのに、末長くと思った

ことであったよ」。

山振《やまぶき》の　立ちよそひたる　山清水
酌みに行かめど　道の知らなく
（二－158）

「山吹が花の装いをこらしている山清水の谷。甦りの水を酌みにいこうと思うけれど、道を知らなくて……迷い込んでしまう」

天武天皇の御斎会の日に、額田王は十市皇女にも密かに花束を供えたことだろうが彼女にはもう一人花束を捧げたい人物があった。

それは、この飛鳥浄御原宮で出会った人である。彼は武人ではなく学者であって、神事に携わってきた人である。皇族出身ではないので、額田姫王の名を汚すことになりはしないかと心配する者もあったが、額田王はその人の愛情を受け入れることにしたのである。その人との関係は、大和の忍坂の粟原寺の鑪盤銘に刻印されているが、どのような人物なのかは何も記されてはいない。そこで彼がいかに立派な人物であったか、また彼は天武天皇から篤い信任をうけていたと考えられるので、御斎会の機会に紹介しておきたい。

その人とは、万葉愛好者には周知の、額田王晩年の再婚の相手とされる中臣朝臣大嶋のことである。この再婚説に対する意見は多様であり、反対説も多い。賛成説の立場をとる人たちにとっても両者を結ぶ絆についての見解はさまざまである。したがって、ここでは、人物評に加えて、私見を述べることにしておきたい。

冒頭に壬申の乱後の天武朝の政治構想の中核について述べたが、そのなかに国史編纂の条項があった。大嶋はそのメンバーの一人であり、彼の『紀』への最初の登場はこの時からである。

天武十年三月十七日に、「天皇、大極殿に御して、川嶋皇子・忍壁皇子・広瀬王・竹田王・桑田王・三野王・大錦下上毛野君三千・小錦中忌部連首・小錦下阿曇稲敷・難波連大形・大山上中臣連大嶋・大山下平群臣子首に詔して、帝紀及び上古の諸事を記し定めたまふ」。大嶋と子首《こびと》は、「親《みづか》ら筆を執《と》りて以て録《しる》す(1)」とある。

中臣の姓は、神と人の間を仲介する役割を担っていることに由来する。中臣氏の始祖の天児屋命は、天の石戸の前で祈祷をしたり、天孫瓊瓊杵尊が豊葦原に降りたまう時、天児屋命を筆頭にして、五部の神々を、皇孫に従わせるという神話の構図をとっている。この構図はどこからきているのか。『古事記』にも同様の場面が出てくるが、氏族との関係は省略されている。それだけに『日本書紀』には朝廷と氏族との関係の図式を明確にしようとの配慮が窺われる。

天武天皇は、ともすれば豪族に支配される傾向にあった近江朝廷の体質を改革して、皇親政治の充実を図ろうとしておられた。歴史編纂の事業にも、多く皇子、王たちに関与させている。筆録者としては中臣大嶋と平群子首のみで、子首はその後に消えている。おそらく中臣大嶋は、筆録の業務をほとんど独力で果たしていったのではなかったか。すなわち彼は博識家であり、筆録の才能に恵まれていた。

中臣大嶋が歴史に登場する最初はこの時で、大山上は正六位。十二月の条では小錦下（従五位下）となり、伊勢王、羽田公八国、多臣品治らと業務を分担し、天下を巡行しつつ、諸国の堺を分限してまわっている。天武十三年十月に、旧来の公《きみ》、臣《おみ》、連《むらじ》、直《あたい》、造《みやつこ》、首《をびと》の世襲的身分制から、八色の姓、真人《まひと》、朝臣《あそみ》、宿祢《すくね》、忌寸《いみき》、道師《みちのし》、臣《おみ》、連《むらじ》、稲置《いなぎ》に氏姓改革を行った。その際に、大嶋は十一月に朝臣姓を賜った。さらに十四年九月以降には藤原朝臣を名乗っている。十名の者に衣と袴を賜わり、各々が昇格された。即ち、宮処王・難波王・竹田王・三国真人友足・県犬養宿祢大侶・大伴宿祢御行・境部宿祢石積・多朝臣品治・采女朝臣竹羅《つくら》・藤原朝臣大嶋のメンバーである。

壬申の乱に功績のあった、いわゆる古代有名人の名が見える。この時大嶋は中臣姓から藤原姓となっている。鑪盤銘は仲臣朝臣大嶋となっているが、藤原の姓が、もとの中臣姓に変えられたからである。藤原の姓は天智八年に鎌足の死去のまぎわに授与され、鎌足は不比等が祭祀役から政治家に転向して、政治に専念するように藤原姓を与えたが、藤原姓は不比等のみならず、旧来の中臣氏も踏襲することとなり、中臣―神事、藤原―政治、の二本立てになっていた。それが、その後に修正され、文武二年

（６９８）の詔によって、藤原姓は不比等のみが継承して、意美麻呂の系統（第二門）は中臣に戻すべし、と命ぜられたからである。大嶋卒後に、ここで大嶋も中臣に復帰したというわけである。大嶋は中臣氏の第三門に属し、糠手古—許米—大嶋となっている。許米は壬申の乱には天武天皇に敵対した中臣連金の弟ということで大嶋も天武天皇には気をつかうところがあった。

　朱鳥元年（６８６）春正月には新羅の使者を饗応するために、筑紫に遣わされている。川内王、大伴宿祢安麻呂、藤原朝臣大嶋、境部宿祢鯯魚《このしろ》、穂積朝臣虫麻呂の五名で、天武十三年に名の挙がった大伴御行の弟の、大伴安麻呂の姿がみえる。

　この年の五月二十四日、天皇は、熱にうかされるほどの重体に陥った。神仏の御加護を願い、汚れを払い、あらゆる病気平癒のための手段を尽くしたにもかかわらず、朱鳥元年九月九日、天武天皇、「正宮《おほみや》に崩《かむあが》りましぬ（五十六歳）……殯宮を南庭に起つ」と。殯宮が起って、多くの者が慟哭《みねたてまつ》り、誄《しのびごと》を奏上した。九月二十八日に直大肆藤原朝臣大嶋、兵政官《つはもののつかさ》（大宝律令の兵部省）のことを誄《しのびたてまつ》る。皇后は、草壁皇太子を直には即位させずに、母子二人で国政を見る体制を整えた。翌月、大津皇子が謀反のかどで処刑され、皇太子の地位を安泰にしたのではあったが、天武天皇の葬儀が終わると間もなく、六八九年に草壁皇太子はこの世を去ったのである。夫と愛児を一度に失って失意の奈落にあった持統天皇に生きる勇気を与えたのは皇孫軽皇子である。軽皇子が即位するまでの間の「中継ぎの天皇」として、持統天皇は正式に帝位につかれた。

持統四年春正月一日に、天皇の即位に際して、「物部麻呂朝臣、大盾《おほたて》を樹《た》つ。神祇《かむつかさ》伯《のかみ》中臣大嶋朝臣、天神寿詞《あまつかみのよごと》読む」の任を果たしている。この時には、神に仕えるの意味で、大嶋は中臣姓に戻っている。持統帝にとって物部麻呂は壬申の乱の第一の功労者である。持統五年の十一月二十四日は、天皇即位から一年後の記念すべき大嘗祭である。この時にも、神祇伯中臣朝臣大嶋が天神寿詞を奏上している。これはまことに光栄な役柄である。

持統七年（６９３）三月庚子《かのえねのひ》（十一日）の条に「直大弐（従四位上）葛原朝臣大嶋に賻物《はぶりもの》賜ふ」とある。賻物は喪葬に伴う品々というのだから大嶋はこの頃に世を去った。それは上掲で述べた天武天皇の御斎会より半年前のことである。額田王にとっては大嶋の死が昨日のことのように思われて記憶も生々しい。御斎会の夜に持統女帝が見られたという夢の話を耳にした額田王は、慰めの手紙をしたためて、密かに女帝に手渡してもらった。夫を失い、愛児草壁皇子の逝去に直面しながらも、意志的に生きる女帝の姿に接して、額田王自身に鞭打たれる思いがしたからである。草壁皇太子供養のための寺院建立の大嶋との約束は胸に秘められていた。

ところで藤原姓にこだわるならば、持統二年二月の条に、判事として任命された浄広肆竹田王をはじめ、九名のなかに藤原朝臣史の名が挙がっている。これはおそらく不比等ではないかといわれる。文武二年（６９８）以降は藤原姓は不比等のみが許されるが、大嶋は不比等とは再従兄弟の間柄なのである。不比等の母が鏡皇女とするならば、額田王にとっても不比等は無縁の人ではなくなる。

大嶋について付け加えると、『懐風藻』に「大納言直大二中臣朝臣大嶋二首」が載っている。この漢詩二首が大嶋の作とすれば、彼は漢籍にも通じ、優秀な執筆家でもあったことが想定される。このように『天武・持統紀』に残された僅かな記載を辿っただけでも、中臣大嶋という人物像が彷彿として浮かびあがってくる。彼は当時の最高の知識人であったのではないか。

不比等の誕生は斉明五年（６５９）であるから、持統七年では三十代半ば頃になる。大嶋については、天武の勅命によって着手せられた「帝紀及び上古の諸事」についての筆録がどうなったかが最も気にかかる。筆録者の仲間の平群子首の姿は見えていない。しかし大嶋は筆録を続けていたのではないか。天武十年が、『日本書紀』誕生の始めとするならば、その完成の日は、養老四年（７２０）五月二十一日である。『続紀』によれば、「一品舎人親王は、勅命を受けて『日本紀』を撰修した。このたび［それが］完成し、［天皇に］奏上した。紀（編年体の部分）三十巻と系図一巻」。ここでの『日本紀』とは『日本書紀』のことにほかならない。右大臣不比等はその完成をみて同年八月三日に薨じたのである。不比等の生涯に関連して、「『日本書紀』の画策者として不比等が関係していたのではないか」（上田正昭）という説は重要である。その可能性は十分に予測される。もしあるとするならば、大嶋から不比等へのバトンタッチが想定されてもよいだろう。しかしここで、一つの異論が差しはさまれる。

それは天武十年の「記録」を養老四年の完成の『日本書紀』に連続させることが妥当であるかどうか。もしも連続しているとすれば四十年の歳月が流れていることになり、あまりに所要時間が長過ぎる。これを『古事記』完成（７１２）後に、修正補筆して編纂したものと見做すならば、そのほうが納得できるという説である。さらに反論がある。「古来天武十年説が存在するのも、それ相当の理由があるわけであります。私などは昔から天武十年説を採っておるのでありますが、今もなおその説を改める気はしないのであります」（坂本太郎）の御意見に勇気づけられて、天武十年に『日本書紀』の編纂が始まったものとの説に立っておこう。筆録者は中臣朝臣大嶋をさておいてはありえない。ここに、一つの想像的仮説を提起したいと思う。すなわち歴史筆録者中臣大嶋にとって、宮廷深くに関わっていた額田王はどのような存在であったか。彼女こそはあたかも「生ける資料室」ではなかったかと思うものである。

当時において筆録を可能にする人材は稀なはずである。書くべき道具は揃っても、内容は、個人体験に留まっていては進まないし、広がりがない。目を外に向けて、広くから素材を集めなくてはならない。天武十年の「帝紀及び上古の諸事」の筆録には、「編纂」に携わる関係者として、皇子、王、官人の多くが登用されているのはそのためであったろう。しかしそれだけでは十分とはいえない。より具象的で、男性では目の届かないところの資料も必要である。そこで大嶋の目に留まったのが額田王ではなかったか。

皇極（斉明）、孝徳、天智、天武、持統の諸天皇に身近に仕え、時には天皇に代わって神々に祈りを捧げてきた額田王である。老いたりといえどもいささかの活気が彼女には残っていた。大嶋の関心はおのずからにして額田王に向けられていったのである。飛鳥京のどこかに居宅を構えて「帝紀及び上古諸事」の記録に専念していた中臣大嶋。それは名誉な仕事であって、誰でもが出来るという仕事ではない。しかしそれには限界がある。体力の衰えを覚えもするが、できるだけは記録に留めておこうと決意をかためていた。

彼はまるで今日の書庫のように、事項別に分類し、資料を箱に収めて、それらを高く積み上げておいた。そのような仕事場は、額田王にとっては珍しくもあり、華やかな宴の席には見られない、厳粛で、清楚な空間が構成されているのを知る。そして、その場に身をおくと、いいようのない安らぎさえ覚えたのである。館は緑の樹木に囲まれ、時には小鳥の囀りさえ聞こえてくる。学問好きな彼女は、この仕事場の主である中臣大嶋に接して、次第に尊敬と親しみを抱くようになっていった。持統天皇即位式に、天神寿詞《あまつかみのよごと》を朗々とした声量で読み上げる中臣大嶋の姿は、こよなく立派であった。若い頃に御言持歌人として、天皇に代わって祈りの歌を詠んだ時の感動が額田王の胸に再び甦ってきて、一層に感激して、涙が込みあげてくるのを必死で抑えたのである。

ところが、持統五年十一月の大嘗祭が終わった頃から、大嶋の健康に陰りが見えはじめた。その頃には額田王を呼ぶのに「ヒメ」「ヒメ」と呼ぶようになっていた。それは特別な親しみを込めた呼び方であった。額田王もその呼び名を快く受け入れた。中臣大嶋の深い愛情を感じたからである。愈々食事も僅かにしか喉を通さなくなった頃、大嶋は、額田王を枕頭に呼び寄せた。そして告げたのである。それが粟原寺完成についての遺言であった。わが生涯のまさに消えなむとする瀬戸際に、木漏れ日のように差し込んできた恋の斜光が額田王には眩しかった。中臣大嶋の今わの際の願いを承諾せずにはいられなかった。大嶋は忠告した。「持統女帝は恐ろしい方です。でも味方になってもらえば、これほど頼りになる方はありません。まるで神様を味方につけたようなものです。草壁皇太子のために粟原寺を完成させて下さい。その仕事はヒメのためにもなるのですよ」。大嶋の瞳が優しく光った。額田王はこの時粟原寺完成の約束を堅く誓ったのである。

天武天皇崩後八年目の御斎会に参列した日のこと、額田王の胸を熱くしたのは、若き日の天武天皇の御姿と、それに重なって現れた中臣朝臣大嶋との臨終の枕辺での光景であった。この時額田王は、大化四年（６４８）十五歳説を取るならば六十歳である。持統天皇の誕生は大化元年（６４５）であって四十八歳。天武天皇の残された偉業を継承発展させなくてはならない。翌年の持統八年（６９４）には、浄御原宮から藤原京への遷都がなされる予定である。飛鳥宮の人々はそれぞれに移転に備えての慌ただしい日々を送っていたのではないか。浄御原宮は天武天皇の開かれた宮である。藤原京は持統天皇が君臨する宮都である。それに宮都の規模も比較にならない大規模な条坊を備えたわが国最初の本格的都城であった。

藤原京への遷都は年の暮れ十二月六日となったのである。遷都の儀式に参列する人々の中には額田王の姿もあったことであろう。額田王が藤原京に移ったかどうかについてはたしかな資料はない。とにかく彼女は激動する時代を、しなやかに対応して、ここまでたくましく生きてきた。したがって彼女を、寂しく飛鳥古宮に留めおくのではなく、新京の藤原宮に移転していただいたほうが、人々の息吹きに触れながら生活することができるのではないか。（大嶋の年齢が気になるが、それを知る手がかりは全くない。ただし、神田説によれば、額田王よりは数年若いであろうと言っている）。

2　ほととぎすの歌

吉野の宮に幸《いでま》しし時に、弓削皇子《ゆげのみこ》の額田王に贈り与えたる歌一首

古《いにしへ》に　恋ふる鳥かも　弓絃葉《ゆづるは》の
御井《みゐ》の上より　鳴き渡り行く　（二―111）

額田王の和《こた》へ奉《まつ》れる歌一首　倭の京より奉《たてまつ》り入る。

古に　恋ふらむ鳥は　霍公鳥《ほととぎす》
けだしや鳴きし　わが念《おも》へる如《ごと》　（二―112）

吉野より蘿生《こけむ》せる松の柯《えだ》を折り取りて遣《つか》はしし時に、

額田王の奉り入れたる歌一首

み吉野の　玉松が枝《え》は　愛《は》しきかも
君が御言《みこと》を　持ちて通《かよ》はく　（二―113）

弓削皇子と額田王との間に交わされた贈答歌で相聞の部立に属する。額田王についてはこれまでにも辿ってきたので、弓削皇子についておよその輪郭を得ておかなくてはならない。

弓削皇子は天武天皇の第六皇子で、母は妃の大江皇女で、皇子は第二子。大江皇女

は天智天皇と色夫古娘の間に生まれている。したがって、皇子は天武天皇を父とし、天智天皇の孫に当たる。そして同母兄に長皇子がいる。持統七年の御斎会のあった年に「浄広弐」が授位された。文武三年（６９９）に薨じたが、浄広弐のままに留まっている。弓削皇子は持統、文武天皇時代には目立つ存在ではなかったようだ。

実際の誕生順	高市	草壁	大津	忍壁	磯城	舎人	長	穂積	弓削	新田部
持統紀による序列	(8)	(1)	(2)	(9)	(10)	(3)	(4)	(5)	(6)	(7)

『懐風藻』によれば持統天皇からは冷遇されるような出来事があった。既に上述したところなので詳しい内容は省略するが、高市皇子が薨《みまか》りた後のこと、日嗣を立てるに当たって、持統天皇は皇族や公卿百僚を宮中に召して謀られた。そのとき葛野王が進みでて、皇統から考えて、日嗣は自然に定まっている。とやかくいうべきではないと、横から口を挟もうとした弓削皇子を叱りつけたということであった。葛野王の進言で軽皇子の皇太子が決定し、持統天皇に大層に喜ばれて、葛野王は優遇されたが、弓削皇子のほうは睨まれる結果となったことであろう。弓削皇子は何を考えて、重大な決定に異論を差しはさもうとされたのであろうか。

弓削皇子は『懐風藻』に漢詩を残してはいないが、万葉歌人である。額田王への贈歌以外では、紀皇女《きのひめみこ》を思《しの》へる歌四首（一一九〜一二二）、吉野に遊《いでま》しし時の御歌一首（二四二）がある。これは一一一番の吉野行幸と同じ時期であろうか。その他巻八に霍公鳥の歌（一四六七）と、秋萩の歌（一六〇八）などがある。紀皇女からは、返事がなくて萎れている弓削皇子に対して、「長皇子、皇弟《すめいろと》に与へたる御歌一首（一三〇）」がある。「さあ私のところへ来て心を晴らしなさいよ」と慰める。

一一一番の題詞にある弓削皇子の持統天皇行幸に従駕した時期は定かではない。持統天皇の吉野離宮行幸は、三年〜十一年までに三十一回もある。そのうちで、ほととぎすは夏鳥なので、そのシーズンを選び取ってみると、夏は立夏から立秋の前日までとして、陰暦で四、五、六月のいずれかの月となる。但し藤原京への遷都以前の歌と見做される。というのは、額田王の一一二番歌の脚注に、「倭の京より奉り入る」とあり、倭の京は飛鳥浄御原宮を指していると考えられる。というのは、天武天皇が壬申の乱に勝って飛鳥入りをされた時、「倭　京《やまとのみやこ》に詣《いた》りて、嶋宮《しまのみや》に御《おはしま》す癸卯《（十五日）》に、嶋宮より岡本宮に移りたまふ」と『天武紀上』にあるからである。これ以上に詳しく時期を確定することはできないので六年五月の際としておこう。

およそ弓削皇子は組織のなかにありながら、最高の自由人でありたいという貴族意識の持ち主であったかもしれない。弓削皇子への挽歌に「置始東人《おきそめのあづまひと》」（伝未詳）は、「やすみしし　わご大君　高光る日の御子……（二−204）」の尊称を献呈して、反

歌一首に、

大君は　神にし座せば　天雲の
五百重《いほへ》が下に　隠り給ひぬ（二－205）

大君は神でいらっしゃるので、幾重にも重なる天雲のなかにお隠れになられた、として弓削皇子の尊貴性を歌っている。

このような尊称を最も多く使用したのは柿本朝臣人麻呂である。天武、持統天皇以外では、軽皇子に対して、両天皇と同じ、「高照らす日の皇子」を使用する。長皇子には「高光る吾が日の皇子」、新田部皇子には「高輝らす日の皇子」と、少し言葉を変えて人麻呂は使用しているところに微妙な配慮がある。人麻呂関連では、巻九に「弓削皇子に獻れる歌」が柿本朝臣人麻呂歌集に二首ある。その一首に南淵山の地名が出てくるので、ここから弓削皇子の宮の所在地が南淵山の麓（明日香村稲淵）にあったらしいと推定される。

御食向《みけむか》ふ　南淵山《みなふちやま》の　巖《いはほ》には
落りしはだれか　消え残りたる（九－1709）

御食に供える蜷《みな》の、南淵山の巖には、ちらちら降った雪がまだ残っているのだろうかと、やや離れた飛鳥の宮から遠望している。「人麻呂歌集」もまた人麻呂その人の歌と見做すならば、上の歌から人麻呂の弓削皇子への眼差しが窺われる。他の一首は弓削皇子の叶えられなかった恋の痛みを慰めたものであるか。

神南備《かむなび》の　神依板《かむよりいた》に　する杉の
思ひも過ぎず　恋のしげきに
（九－1773）

神南備の、神依板にする杉のように、過ぎ去ってしまうのではなく思いは消えることがないのだよ。恋の激しさの故に。

誰によって贈られたかは不明であるが、その他にも「弓削皇子に獻れる歌三首（一七〇一～三）」がある。とにかく藤原京時代の宮廷歌人は柿本朝臣人麻呂であり、人麻呂が人気を博していた時代に、弓削皇子は、その昔、近江朝で宮廷歌人の華麗な花を咲かせていた額田王に霍公鳥の歌を贈った。それは何故であろうか。権力の中心からは、やや圏外に置かれた状況になっていた弓削皇子は、額田王に格別な親しみを覚えていたにちがいない。それに病弱な体質であったようだ。それは、吉野に遊しし時の御歌一首から、しばしば指摘されたところである。

弓削皇子、吉野に遊しし時の御歌一首

滝の上の　三船の山に　居る雲の
常にあらむと　吾が思はなくに
（三－242）

「滝の上の三船の山」、すなわち吉野の宮滝の跡と思われるところの彼方に聳えて見える山は、「舟岡山」とも言われているが、これが万葉歌によると「三船山」である。

三船山の上にかかる雲の「常にあらむ」と言っている。この「常にあらむ」に相反する解釈があり、一説に「雲は定まらぬ物なれば」と、雲の無常とする説と、逆に「高山の雲は常に絶えぬを」と、雲の常住を言っている、との両説がある。今日の常識からいえば、「浮雲」の喩えの如くに、「漂い流れる雲」というので、雲は移ろう何物かの典型のように見做されている。しかし吉野山の早朝の景色として目に入る雲は、あたかも「高山の雲は常に絶えぬを」というようにに定住する何物かの喩えなのである。そうであってこそ、結句の、「その雲のようにはいつまでも生きていようとは思いません」という言葉が生きてくる。この結句はいかにも悲しげである。そこで春日王が一首を唱和する。

春日王の和へ奉れる歌一首

王は　千歳に座さむ　白雲も
三船の山に　絶ゆる日あらめや　（三－243）

いえ、皇子は長寿でいらっしゃることでありましょう。白雲も三船の山に絶える日がありましょうか。あたかもそのように……と。

当時、春日王と称される方が三人いる。第一の春日王は持統三年に薨ずる人、第二は文武三年六月に「春日王卒」とある人、第三は志貴皇子の御子というのである。年齢からして第二の春日王が該当するのではないかと。弓削皇子の生年は不明なのだが、没年は文武三年（699）と『続紀』にある。この頃に三十歳ほどではないかと言われている。持統六年（692）五月に吉野行幸があるので、仮にこの年の行幸とすれば、二十三、四歳に達した青年であったと推定される。額田王は六十歳頃と算定される。二四二番歌の類歌が二四四番にある。「或本の歌一首」として挙がっていて、「柿本朝臣人麻呂が歌集に出づ」となっている。人麻呂自身の作ではなく、弓削皇子の歌の、やや異同のあるのを人麻呂が書きとめておいたので弓削皇子の作歌といってよいのではないかと言われている。これを算入すれば、皇子の万葉歌は九首になる。

ほととぎすの歌は『万葉集』中に一五六首ある。

集中でも動植物の歌を通して最も多い。これを作者類別年代順に調べた研究を参照すると、第一期は僅かに一首、第二期四十四首、第三期は十八首、第四期に九十三首と集中している。第二期が多いようだが、巻十にある三十四首の作者未詳歌が第二期に該当し、それらを除けばそれほど多くはない。

第二期の代表的歌人の柿本人麻呂に一首だけほととぎすの歌がある。それは左注によるところの、「あるいは曰はく」の条件付き作者である。題詞によれば、「石田王の卒りし時、山前王の哀傷《かな》びて作れる歌一首」である。石田王は伝不明であるが、山前王は『続紀』によって天武の御子忍壁皇子の御子であったことが分かる。人麻呂は、忍壁皇子に献歌をしているから、その御子の山前王の代作者であった可能性がある。

その挽歌に「……霍公鳥鳴く五月には　菖蒲花《あやめぐさ》橘を玉に貫き　縵にせむと……（423）」と、夏到来の常套句として使用されるほととぎすの歌である。この挽歌によっても皇子たちの身近に存在する人麻呂の姿が見え隠れしている。

さらに弓削皇子が恋を寄せていた相手の紀皇女についてては、「紀皇女の薨りましし後に、山前王、石田王に代わりて作れり（424、425）」というように紀皇女への挽歌が石田王によって捧げられている。紀皇女は石田王の妻であったのか。紀皇女への挽歌は、もともと石田王への長歌（挽歌）に対する「ある本の反歌二首」であったのが、すり換えられて、独立した紀皇女への挽歌として紹介されているのは何故であるか。謎の「反歌二首」を、石田王への挽歌と切り離して考えると、石田王に先だって紀皇女が薨じていることになろうか。紀皇女への石田王の挽歌を、重ねて石田王への挽歌に添えることによって、紀皇女の御霊のもとへ、石田王の御霊を山前王が送ったことになろうか。

事柄の真相がどうあれ、皇子や王たち、青年層の交流の場が彷彿として偲ばれる。但し人麻呂の「ほととぎすの歌」は、代作と考えられるこの一首のみ。ほととぎすの歌数が突然に多くなるのは第四期であって、特に大伴家持の歌が六十五首ある。このことは一面には中国文学の影響に依ることでもあろうが、そうばかりではなく、家持が越中や因幡の自然環境の豊かな国へ長官として赴任したことにもよるのではないか。恵まれた自然の原野から聞こえてくる小鳥たちの鳴き声が、家持の詩情をより豊かに育むこととなった、と言っても過言ではないだろう。

ほととぎすの呼称はその鳴き声に由来する。「聞き方によってはホットトントギスと聞かれぬでもない」(東光治)。

暁に　名告り鳴くなる　ほととぎす
いや珍しく　思ほゆるかも
(十八－4084)

これは大伴家持の歌である。

越中守の頃のこと。奈良の佐保にいる姑の坂上郎女から家持に便りがあった。郎女は、「あなたのことが恋しくて死ぬほどに思っています」という意味の歌を詠んで贈っている。恋といっても現代のように特殊な男女の仲をいうのではなく、折口信夫式に言えば、相手の魂を自分のほうに呼び戻す。相手の心をこちらに向け換えさせる。長いあいだ音沙汰がないので、どうしているかと安否を気遣って心配しているだけなのである。当然家持は、ご心配には及びません。ですが私のことを心配してくださる御気持ちはまことに嬉しく、まるで天人の恋を聞くようですと、受けている。その時の歌で、当地では夜の明け方に、ほととぎすがあたかも名告るように鳴いていますよ、まことに珍しく、さわやかな気持ちです。どうかご安心ください。

「四日に、使いに付けて京師《みやこ》に贈《おく》り上《のぼ》せたり」とある。新しい環境に少し馴れてきて、物珍しそうにあたりを見まわす家持がいる。京師からは遠く隔たった鄙の地に来たのではあるが、しばらくは、この地に住むのもそれほどに悪くはないと、密かに安堵する家持。

　ほととぎすは名告り鳴くというが、ほととぎすの鳴き声は聞く人によってさまざまのニュアンスをもって受け取られる。山荘に住むある知人の話で、そこのほととぎすは夜明け前に「飯は炊けたか〜よウ《（ホンゾンタテタカ、テッペンカケタカ）》」と鳴くのだそうである。この鳴き声の多様性にもまして、さらに多く異名が与えられている。差し当たり漢名によれば、「時鳥、霍公鳥、郭公、杜鵑、子規、杜宇、蜀魂、不如帰」（『萬葉動物考』）などの文字表記がある。それぞれに物語的背景が付随しているのだから、ほととぎすが文芸の世界で活躍するようになるのも無理はない。但し、万葉表記では第四期の一字一音の形式を除けば、ほとんどが「霍公鳥」である。郭公は、万葉では「呼子鳥」で、区別されている。

「ほととぎす」は「かっこう」よりもやや小振りである。郭公は渡来の季節も春なので、春を呼ぶ鳥で、春の到来を待って「……声懐かしき時にはなりぬ（八・１４４７）」と坂上郎女による天平四年三月一日の歌詠がある。大宰府から帰郷した直後の歌。とにかく、万葉人にとって、両者が識別されていたところが凄い。ホトトギス科で、日本へ初夏に渡来する鳥では、その他に「筒鳥（ぽっぽう）」や、「十一（じゅういち)」がいる。いずれも鳴き声に由来して名称が与えられている。しかし歌に詠まれるのは、特に「ほととぎす」と「かっこう(呼子鳥)」なのは何故であろうか。「呼子鳥」の歌にも素晴らしい歌があるが、ここでは別の機会としておきたい。

ほとんどが家持と、彼の周辺を取り巻く人々によって「ほととぎす」は歌となり、歌によって名告りを挙げる。多くは夏の到来を告げる意味で「雑歌」「相聞歌」の題材になって登場する。

信濃《しなの》なる　須賀《すが》の荒野《あらの》に　ほととぎす《保登寺芸須》
鳴く声聞けば　時すぎにけり

（十四－３３５２）

信濃の国の東歌。ほととぎすの鳴く声によって、既に春は過ぎて夏に入っているのかなァと、季節の移り変わりを感じている。

卯の花や菖蒲草《あやめぐさ》が咲き出す頃にほととぎすが共に来て鳴き渡る。「卯の花の　共にし鳴けば　ほととぎす……（十八－４０９１）」なのだが、「共に」の相手がいなくて、独りぼっちになってしまう時もある。「卯の花と共」に来るはずのほととぎすが独りだけで鳴いているよ。

式部大輔石上堅魚朝臣《しきぶのだいふいそのかみかつをのあそん》の歌一首

霍公鳥　来鳴《きな》き響《とよ》もす　卯の花の
共にや来《こ》しと　問はましものを

（八－１４７２）

霍公鳥がやってきては鳴き声を響かせている（霍公鳥は鳴いてはいるが、付近には卯の花が見えない）。話ができるものならば、何故に卯の花と一緒に来なかったのか、と尋ねたいところであるが、それができないよ（相手が霍公鳥では）、と言っている。

石上堅魚の歌はこの一首のみ。左注の作歌事情によれば、神亀五年（７２８）戊辰《つちのえたつのひ》に、大宰帥大伴卿の妻大伴郎女が病のためにこの世を去った。その時朝廷は使者として式部大輔の石上堅魚を大宰府に派遣した。弔問し、旅人に朝廷より物を賜り、その任を終えての帰路に詠んだのが右の歌。駅使《はゆまづかい》と府の長官たちとが、一緒に記夷《き》の城《き》に登って、眺望を楽しみ、別れを惜しんだ時のこと。大宰府へ赴任したばかりの矢先に、妻を失った旅人の孤独感を慰めるために、「亡き人」のこと、卯の花（大伴郎女）のことを尋ねようとして、言葉が出なかった、その時の辛さが霍公鳥に仮託されている。

大宰帥大伴卿の和へたる歌一首

橘の　花散る里の　霍公鳥
片恋しつつ　鳴く日しそ多き　（八－１４７３）

橘の花の散る里の霍公鳥は、花を偲んで片恋しつつ鳴く日が多いことですよと、霍公鳥が妻を失った作者の片恋に喩えられている。このように、霍公鳥が自然の景観に現れる一幅の絵画のなかに納まらずに、作者の情念によって躍動した意味が与えられ、霍公鳥の激しい鳴き声が作者の片恋の叫びと一つになって人々の胸を打つ。

右の歌は巻八所収である。巻八はすべて作者が明記されているのに対して巻十は人麻呂歌集と、ほとんどの無名作歌で占められている。

ほととぎすは、昼は昼で山林に籠もって鳴き、夜は餌をあさりに平地に出てきては鳴く。一羽が鳴けば、他も釣られて一斉に鳴き出すらしい。時には楽器を奏でると、音楽に乗って鳴き出すこともあるそうだ。このように夏の風と花に乗って鳴くほととぎすが、万葉歌人の歌心を刺激せずにはおかないはずなのに、巻八までの作歌は限られている。巻一の額田王の雑歌一首。巻三の石田王への挽歌一首（作者は山前王、或は柿本朝臣人麻呂）。巻六の田辺福麻呂歌集の一首となる。万葉集にのみ記録の残っている福麻呂は、既に大伴家持の周辺の人である。要するに初期万葉では歌詠の対象が馬、鹿、鴨のような身近な動物、あるいは狩猟に関係した実用的動物が主題であった。

これに対して鶯や霍公鳥などは、中国文学の影響のもとにその鳴き声に詩情が寄せられて歌となった。さらに霍公鳥の到来する五月は菖蒲草を鬘にしたり、淡黄の小花を珠に抜いて首飾りにしたりして邪気払いをする年中行事の時期でもあった。したがって、霍公鳥の到来には明るい立夏の期待が寄せられていたが、中国には霍公鳥にまつわる悲しい伝説があった。それはあくまで伝説上のことにすぎないとしても、伝説は想念を刺激して想像力をかきたてる。

『蜀王本紀』によると、望帝と号した蜀王が農業の開拓のため山から下りて、都を平地に移したそうである（成都の郊外か）。ところが、その平野に大水害が発生し、治水政策に失敗した望帝は、宰相の開明に復旧事業を命じて、自分は山に引き籠もってしまわれたそうである。それが「ほととぎす」の鳴く時期だったので、蜀の人々は、ほととぎすの鳴く声を聞き、望帝のことを回顧して悲しんだという。別伝によれば蜀王の魂が「ほととぎす」と化したのだ、とか言われてほととぎすに「蜀魂」の文字が当てられた。更に、その口中の赤色を蜀王の病に擬することによって、ほととぎすが鳴く度に、人々は蜀王の病に苦しんだ悲痛な最期を想像して慰めの行事を行ったという。

しかし「ほととぎす」にすれば全く関わりのないことで、むしろ季節の到来や卯の花のほうが、ほととぎすには直接関係があり、万葉歌にこの関連の歌が多いことは自然のことである。ただし、額田王の「古に恋ふらむ鳥」の象徴的意味には、「蜀魂」の神話的背景が隠されていると考えられる。

この額田王の歌を誘い出したのは弓削皇子である。その弓削皇子に霍公鳥の歌が一首ある。

弓削皇子の御歌一首

霍公鳥　無かる国にも　行きてしか
その鳴く声を　聞けば苦しも　（八－１４６７）

「霍公鳥のいない里にでも行きたいものだ。あの鳴き声を聞くと苦しくてならない」というのである。この苦しさは、「ただ人を恋うる悩み」とは微妙な違いがあって、弓削皇子には境遇からくる心の鬱積を拭い去るために、古を懐かしむ思いがある。

古尓　恋流鳥鴨　　　古に　恋ふる鳥かも
弓絃葉乃　三井能上従　　弓弦葉の　御井の上より
鳴済遊久　　　　鳴き渡り行く　（二－１１１）

古とは、「去《い》にし方《へ》」のことである（澤瀉）。
「古に恋ふ」とは「古に心惹かれる」「ひきよせられる」の意義で、今日でいう、ただ「愛する」の語とは同じ意味にはならない。「に恋ふ」は後には「を恋ふ」にも使用されるようになった。例えば、集中には「風」「月」などの無生物に「を恋ふ」の語が使用される。また「君に恋ふ」といえば、恋の対象は人間となるが、「古に恋ふ」とは、過ぎ去った「時」に心惹かれている義となる。この「古」の用例は、集中では一一一番以外では、次の額田王の答歌の一一二番歌のみに認められるという特殊な表現である。

特殊というのは、弓弦葉の御井の上を鳴き渡り行く鳥の声を声として、一元的に聞くのではなく、弓削皇子は心情の深みで聞き取っている。それは限りなき懐古の情であり、蜀魂の義と一つである。この懐古の訴えを素直に優しく受け止めてくれる相手は、額田王その人以外にはなかったと言うべきであろう。昔に心惹かれている鳥でありましょうか。弓弦葉の御井の上を鳴き渡っていきますよ。

古尓　恋良武鳥者
霍公鳥　盖哉鳴之
吾念流碁騰

古に　恋ふらむ鳥は
霍公鳥　けだしや鳴きし
わが念《おも》へる如　（二－112）

「あなたが『昔を恋ふる』とおっしゃる鳥は、霍公鳥でしょう。そして、おそらくは鳴いたことでしょう。私が昔に心惹かれておりますように」。弓削皇子と額田王には、霍公鳥を蜀魂とする教養の共通理解があったのだ。それが二人を近づけ、霍公鳥を介して昔を懐かしみ、現実の孤独を慰め合うことができたのであろう。この霍公鳥にまつわる知識は、額田王が近江朝で得たものなのか、弓削皇子が飛鳥宮で得たものなのかは、確かめる術はないが、霍公鳥を「古に恋ふる鳥」と歌ったのがこの二首のみというのは、実に興味深いことである。

弓削皇子は持統天皇の華やかな吉野行幸に従駕しながら、飛鳥に残っている額田王のことを思ったのである。見事な「蘿生《こけむ》せる松の柯《えだ》」を見立てて持ち帰り、額田王にお土産として賜った。額田王はよほどに嬉しかったにちがいない。早速にお礼の歌を贈ったのである。

三吉野乃　玉松之枝者　
波思吉香聞　君之御言乎　
持而加欲波久

み吉野の　玉松が枝は
愛《は》しきかも　君が御言を
持ちて通はく　（二－113）

吉野の玉松の枝はなんと愛しいことでしょう。あなたの御言葉をもって通ってくるとは。松の枝を擬人化して喜びを表現した歌。

「苔」は、深山の松などの古木に付着して糸屑のようになって垂れ下がっている。今日でも「さるおがせ」というのだそうである。吉野からさるおがせのついた松の枝が贈られてきた。贈り主の名は略されているが弓削皇子からの贈り物であることは分かっている。木の枝に手紙が結んであったので、君の御言葉を持ってきてくれたのだという。松は長寿のシンボルのような樹木である。それに蘿が絡まっていることによってさらに象徴的意味が強められよう。この贈り物には、生命の充実への祈りが込められているように思われてならない。「額田王、どうか御長命でお過ごし下さい」の言葉を語っているかのようである。弓削皇子の周辺には同母兄の長皇子をはじめとして、石田王とか山前王、紀皇女などの若い人たちとの交友があり、やや病弱のようではあるが、気品を高くにして生き抜こうとする皇子の姿が見えてくる。

額田王にとってはこれが最後の歌詠みとなる。松の枝の贈り物は額田王が歌人としての幕を下ろすには、まことに相応しい贈り物ではある。しかしここで、額田王の姿が飛鳥から消えてしまうのは、どうも寂しい気がする。そこで気がかりなのが額田王の再婚説である。それは額田王にとって新しい人生への幕あけとなることができないかということである。この取り扱いは、額田王の難訓歌論と同様に、かねてから私にとっての懸案の課題でもあった。この際一歩踏み込んで想像的に探索していくことにしよう。

3 晩年によせる幻想 —— 粟原の里 ——

額田王の再婚説については、賛否両論、これまでも既に、論議され尽くしてきたところである。再婚説肯定論者の私としては、従来の見解を単純に繰り返すにすぎないかもしれないが、これこそ額田王の終焉を飾るに相応しい物語と思うので、反対論に抵抗しながら私なりに取り上げておきたい。とにかく埋もれた部分がほとんどである。それに屈することなく時には想像力も動員して探索してみる。

それに先だって新都——「新益京《あらましのみやこ》」を少し歩いてみよう。

「十二月《しはす》の庚戌《かのえいぬ》の朔《つきたち》乙卯《きのとうのひ》（六日）に、藤原宮に遷《うつ》り居《おは》します」

持統八年の年の瀬も迫った頃、女帝は新都に遷られ、春正月を迎える準備をされた。『紀』は、女帝の行動をつぶさに追って、過密スケジュールに意欲的に取りくんでおられる様子を伝えている。

持統四年に着手、同八年に落成し、以後和銅三年の平城京遷都までの十六年間、持統、文武、元明の三天皇が居住された宮である。『扶桑略記』によればこの宮は和銅四年に焼失したと伝えられる。

発掘調査の資料を手がかりに「藤原宮の構造」を描いてみると、宮域の中央にある壮麗な建物は、大極殿、朝堂院である。朝儀、朝政の際に出御する天皇の大極殿は、重層（二重屋根）で、基壇を含めると二十五メートル以上の高さで、上層の屋根は瓦葺寄棟であったらしい。現代の八階建てビルに相当する規模とか。朝堂院は、政治の実務を行う場所。宮人たちは、日の出と共に毎日出勤する。まず朝堂に出仕し、その後朝堂院の外にある各官庁に出向いて午前中に政務を執ったようだ。朝儀とは、天皇の即位、大嘗祭、元旦の儀式など、外国使節の謁見、授位、宣詔に関わる儀式で、多くは酒宴を伴ったので、あたかも今日の国会議事堂と迎賓館を兼ね備えたような施設である。大極殿を囲む大極殿院回廊が東西約一一五メートル、南北約一五五メートルの長方形となっていて、南中央南面に大極殿院南門があった。大極殿の東西には、おおむね対称的な位置に西殿、東殿の礎石建物があり、大極殿院回廊はそれらに取り付くが、南側は十二堂院と同じ複廊（梁行二間の回廊）であり、北側は単廊（一間の回廊）であった。大極殿院南門を北端とする朝堂十二堂院は、東西幅が二三〇・三メートル、南北三一八・一八メートルの面積ということである。

天皇の私的生活の場所となる内裏は、大極殿院の北側にあって、内廷に関係する官衛の殿舎が配置されていたと推定されている。このあたりの溝から半世紀前頃の発掘成果として、不比等の後妻の橘三千代に当てたと解読される木簡の断片が出土した。

「三千代給煮□」の文字があり、天皇、あるいは高官からの贈物に付いてきた荷札ではないかと騒がれたらしい。持統天皇の食事は内裏で召し上がられたのであろうか。女帝は食後の休憩時間に大極殿の高殿に登られて、大和国原を見渡された。東側を望まれたときに、天の香具山に白布が乾しているのが目にとまった。

紺碧に澄み渡った青空のもと、緑に包まれた山の周囲に乾してある白衣が輝いて風に翻るのを御覧になった。実に清々しく、過去からの諸々の憂いも洗い流されたかのような、御心の浄化を覚えたのである。古来有名な香具山の歌がある。

藤原宮御宇天皇代《ふぢはらのみやにあめのしたしらしめししすめらみことのよ》（高天原広野姫天皇《たかまのはらのひろのひめのすめらみこと》）

天皇の御製歌

春過ぎて　夏来たるらし　白たへの
衣ほしたり　天《あま》の香具山　（一－28）

持統女帝の政治と生活の拠点となった大極殿、朝堂院を囲む宮域の周囲は、三重の区切りによって囲まれている。中心は、掘立柱塀であって、大垣と呼び、各面三個所ずつに開く宮城門がある。その両側に内濠と外濠と呼ばれる大きな溝が、大垣に平行して掘削されている。外濠と宮周辺の条坊道路との間には、広大な空閑地が設定されている。さらに大垣と外濠の間には、大垣に平行して素掘りの溝があるということである。

宮城南面の大垣、すなわち南面大垣の中央に、京のメインストリート朱雀大路に面して南面中門が建っている。これは平城京では朱雀門と呼ばれるが、藤原京ではどうか。「大伴門」と呼ぶ説があるそうだ。南面大垣には、さらに東一坊大路と西一坊大路に向かって建つ宮城門がある。同様なのが、東・西・北面大垣に、大路に向かって宮城門が三個所建っていた。合計十二宮城門が建っていたことになる。

大垣は二・七メートル間隔で掘立柱の一本列柱ということである。この藤原宮を囲んでは、条坊道路によって区画された市街が、網の目をうめるように形造られた。朝廷の政治機関が一個所に集められて、官人層も庶民も、共に宮都の内に生活できるようになったのである。

藤原京は大和盆地を走る直線道路を基準にして設計されている。中つ道を東限とし、下つ道を西限として、横大路を北限とする。上つ道の延長上に延びる山田道を南限として碁盤縞に区画された本格的都城である。唐の長安城よりも古い北魏の洛陽城をモデルにしているといわれた。近時の発掘調査によれば、推定京域の外にまで広がる見込みがあるそうで、その全容が現れるのは今後の課題に残されているとか。名称としては最初から「藤原京」ではなく、「新益京」と呼ばれていたのである。

持統六年一月十二日の条に「天皇、新益京の路を観す」とある。この碁盤縞に整理された新益京こそが、律令によって秩序をこの地上に実現しようとした天武、持統両天皇の夢の都城であった。飛鳥宮までは、天皇の宮処と共に政治の場があり、天皇の交替によって政治の場所が移動し、新たに宮殿が建て替えられていた。藤原京は定住したままで、皇位の世代交替が可能であるという画期的構想のもとに建設された「新益京」であった。ところで、『日本書紀』には「藤原京」の呼び名がみられない。この呼称は、万葉歌の題詞「或本、藤原京より寧楽宮に遷りし時の歌」にある。

天皇《おほきみ》の　御命かしこみ　柔《にき》びにし　家をおき　隠国《こもりく》の　泊瀬《はつせ》の川に　舟浮けて
わが行く河の　川隈《かはくま》の　八十隈《やそくま》おちず　万度《よろづたび》　かへり見しつつ　玉桙の　道行
き暮らし　あをによし　奈良の京の　佐保川に　い行き至りて　わが宿《ね》たる
衣の上ゆ　朝月夜　さやかに見れば　栲《たへ》の穂に　夜の霜《しも》降《ふ》り　磐床《いはとこ》と　川の氷《ひ》
凝《こご》り　寒き夜を　いこふことなく　通ひつつ　作れる家に　千代にまで　来ま
せ大君よ　われも通はむ　（一－７９）

反歌

あをによし　寧楽の家には　万代に
われも通はむ　忘ると思ふな
（作主未詳）　（一－８０）

大君のご命令をかしこんで、馴れ親しんだ家を後にして、隠り国の初瀬から流れる川に舟を浮かべて、私は奈良へと川を下って行くよ。その川の幾つもの曲がり目毎に、つねに故郷を振り返りながら玉桙の道のりをひねもす通り、あをによし奈良の京の佐保川に到着する……このように地名を詠み込んで、道行きの形をとりながら、要するに「皇子などの家を水路によって奈良に運んで、移築した人の室寿ぎの歌であろう」と。住み馴れた家をおいての移転である。家が建つまでは野宿をして過ごしたらしい。わが衣のうえを通して射しこむ、朝の月光のなかで目を凝らすと、一面に真っ白な霜が薄あかりのなかに輝き、岩床のように川面が凍りついている。このような寒い夜も休むことなく通って造った家でございます。どうか大君よ、千代にわたってお住みください。私も通ってまいりましょう。

題詞には「藤原京」とあり、本文に「奈良の京」がある。「京」の語句が対応している。「或る本」ということは、後から挿入されたからであろう。遷都後には、平城京との対比で、藤原宮を包括する全域を藤原京と呼んだとすれば、題詞の寧楽宮というのが気になるが、これは個人住居で、皇子、または王の宮のことを指しているとも考えられる。「新益京」は、次第に「藤原京」と呼称されるようになった。

藤原京の名称の由来を求めて、最初に平城への移転の歌を取り上げてしまった。それに先だって、飛鳥宮から藤原京へ遷らねばならない。藤原京は国家で初めて条里制をもった宮都である。あたかも舒明天皇が香具山に登りて国見をされたように、持統女帝も埴安の堤に立ち、御覧になって、美しい新都を誉めて祝福されたのが「藤原宮の御井の歌」。作者はおそらく宮廷詞人。藤原京は大和三山に囲まれた宮都で、京域はその中にすっぽりおさまる。東に天香具山、西に畝火山、北に耳成山の三山に囲まれた広大な都城である。

藤原宮の御井の歌

やすみしし　わご大王《おほきみ》　高照らす　日の御子《みこ》　荒栲《あらたへ》の　藤井が原に　大御門《おほみかど》始め給ひて　埴安《はにやす》の　堤の上に　あり立たし　見《め》し給へば　大和の　青香具山《あをかぐやま》は　日の経《たて》の　大御門に　春山と　繁《しみ》さび立てり　畝火《うねび》の　この瑞山《みづやま》は　日の緯《よこ》の　大御門に　瑞山と　山さびいます　耳成《みみなし》の　青菅山《あをすがやま》は　背面《そとも》の　大御門に　宜《よろ》しなへ　神さび立てり　名くはし　吉野の山は　影面《かげとも》の　大御門ゆ　雲居《くもゐ》にそ　遠くありける　高知るや　天《あめ》の御蔭《みかげ》　天知るや　日の御蔭の　水こそば　常《とこしへ》にあらめ　御井《みゐ》の清水　　（一―52）

短歌

藤原の　大宮仕へ　生《あ》れつぐや　処女《をとめ》がともは　羨《とも》しきろかも　　（一―53）

右の歌、作者未だ詳らかならず。

藤井が原に京を創建された持統天皇が、埴安の池の堤にしかと立たれて御覧になると、青香具山が東面の御門に春らしく繁り立ち、畝火山は西面に対して、瑞山らしくめでたく鎮座ましましている。耳成の清々しい山は北面の御門に神々しく立っている。吉野山が南面の遥か向こうの雲の彼方に連なっている。このよき山々に囲まれて、高く聳える大宮殿。天空に聳える大宮殿の水こそは、永遠に尽きることはありますまい。御井の真水は！　と御井に湧出する聖水の永遠を祈っている。

日経、日緯、影面、背面を、各々東西南北に見立てて大和三山と吉野山を配して、御井の聖水の永遠を祈願している。それはとりもなおさず「藤原宮」の永遠性を祈願したことに外ならない。「藤原宮に御井があった。というより、よい井泉があったのでそのあたりを藤井が原と呼び、略して藤原とも呼び、そこを中心に宮殿が営まれ、その宮を藤原宮と呼んだのである。上代人にとっては良水の出る井水は珍重され、それを中心に宮が営まれたり、聚落が形造られたりした。藤井の御井の跡は今明らかではない」（澤瀉）。

持統女帝にとって吉野は聖地であったから、さらに吉野の山に祈ったのである。宮号については異論があって、「持統天皇が飛鳥浄御原宮から遷った『藤原宮』の宮号は、皇位継承に関する盟約を結んだ藤原不比等の本貫地である飛鳥の『藤井が原』の『藤原』の名をとって宮号としたものである」（土橋寛）と興味深い指摘があるがここでは「藤原宮」と「藤原京」の区別に注目するに留めて、名称の由来については不問に付しておく。藤原の宮の華やかさを短歌は告げる。「藤原の宮に奉仕するために生まれ継いでくる少女たちは羨ましい」。美しい少女達が仕えていたにちがいない。

藤原京時代になっても、飛鳥は馬を使えば短時間で往復できるような目と鼻の間の距離である。したがって、皇子の多くは藤原京域外に住居を構えていたであろうと推測される。天武天皇の皇子たちで藤原京内に住むものはほとんどいなくて、飛鳥の地から宮廷官舎に通っていたのであろうと推定される。「皇子たちの宮」はかなり広汎な地域に分散していた。「香具山北麓には高市皇子・大津皇子、あるいは穂積皇子、そして雷丘周辺に忍壁皇子、矢釣山麓に新田部皇子、南淵、細川に舎人皇子、弓削皇子といった具合である」（岸俊男）[1][2]。

明日香宮より藤原宮に遷居りし後に、志貴皇子の作りませる御歌

采女の　袖吹きかへす　明日香風
都を遠み　いたづらに吹く　（一－51）

美女たちが藤原京に移ってしまったので嘆いておられる。
いつもは采女の華やかな袖を吹きかえしていた明日香風も、都が遠くなってしまったので、ただ空しく吹いているよ。志貴皇子といえば「自戒の自画像」といわれる「むささびの歌」がある。

志貴皇子の御歌一首

むささびは　木末求むと　あしひきの
山の猟夫に　あひにけるかも　（三－267）

梢から梢へ飛翔することによって安全を保っているむささび。山の猟夫は木の幹を叩いて木の梢に追い上げる。木の幹を叩かれ、狙われているとも知らずに、梢にかけ登ったところを山の猟夫どもに狙われてしまった。この「むささび」のような可哀そうな者もいる。志貴皇子は時々そのように思わずにはいられなかった。例えば、弓削皇子にも、ややそのような無謀さがあったのかもしれない。

さて額田王はどこにいるのであろうか。

以上の冒頭に描いた藤原宮の発掘資料は古いもので、最近の発掘では大藤原京説(3)が出るほどになった。そうなればなるほど、藤原京内での額田王の生活空間の可能性は拡大されるわけである。しかし彼女の消息は、彼女をとりまく人間関係から探っていかなくてはならない。すると、まず葛野王がいる。

葛野王については既にいくらか述べてきたが、さらにできる範囲で補足しておこう。

葛野王は天智天皇の皇子の大友皇子と、額田王の女の十市皇女との間に生まれた第一子である。近江朝の壊滅によって、十市皇女や額田王と共に飛鳥浄御原宮で成長した。天武天皇の孫でもある。天武七年（６７８）に母の十市皇女が病のため突然にこの世を去ったので、頼りになるのは額田王ということになるが、逆に額田王のほうが頼りにしていたのかもしれない。名の由来は地名（後の山城国葛野郡葛野郷）にあるということ。『懐風藻』（天平勝宝三年の成立）の撰者として最も有力候補とされている淡海三船は、葛野王の孫に当たるらしい。淡海三船は奈良時代の最も著名な教養人である。『続紀』によれば、葛野王は慶雲二年（７０５）十二月二十日にこの世を去ったことが分かる。「正四位上の葛野王（大友皇子の息）が卒した」とある。すると平城遷都の数年前に卒去されたことになる。したがって葛野王の生活基盤は藤原京で営まれていたにちがいない。『懐風藻』によれば、「治部卿に拝さる」とある。治部省は継嗣、仏事、外交事務などを扱う部署で、王はその長官として重要なポストを占めていた。激動の時代のもたらす逆境のなかを潜り抜けてきた葛野王には、ある逞しさが備わっていた。時には額田王さえ目を見張る思いのすることがある。高市太政大臣の薨後の後継者を定めるに当たってとった、葛野王の積極的行動もそうである。そのことは後になって、他人の口から額田王は知ったのである。宮廷内の出来事は、家の者には一切話さない。だから同じ屋敷内に住み、時には顔を合わすことがあっても、いつも変わらない普段の鷹揚な横顔を見せている。そのような葛野王を冷たいと思うことはあっても、自己責任において行動している葛野王を、頼もしく思って額田王は寂しく諦めている。

弓削皇子は人なつこくて、お喋りである。予め後継者問題の諸説紛々の一件を耳にした額田王は、弓削皇子にそれとなく問い質してみた。自分の意見が封じ込められて鬱積していた弓削皇子は、堰を切って溢れる濁流のように、当日の出来事を額田王に話したのである。持統女帝はどのような意見も自由に申してみよと仰せられたから、申し上げようとしていたのに、葛野王に遮られて、吾の立場は崩れてしまいました。それを聞き、額田王は、葛野王のために弁護をしなくてはならなかった。

「葛野は宮廷内の出来事は私には何も申しません。でも弓削皇子のためも考え合わせて、葛野はあなたの言葉を遮ったのですよ。天皇にはあまり逆らわないほうが賢明ですよ」

弓削皇子は穏やかに額田王にたしなめられて機嫌を直したようである。少し病弱な弓削皇子にはどこか頼りなげなところがある。

紀皇女（父は天武で、弓削皇子とは異母兄妹）に熱烈な相聞歌四首を贈って、なんの答歌もなくて、すっかり意気消沈している。持統女帝の吉野行幸に従駕し、宮滝から三船山の雲居をみて、「常にあらむと吾が思はなくに」と雲の常住に比較して、我が身の短命への予感を歌って春日王に訴えている。「春日王の和へ奉れる歌一首」「大丈夫です。弓削皇子は長生きなさいますよ」と励まされて、なんとか生気を取り戻している次第である。

弓削皇子も葛野王も生年は未詳。弓削皇子の没年は文武三年（６９９）で、この頃を三十歳とすれば、持統十年（６９６）には二十七歳頃になる。葛野王の場合は、

『懐風藻』での後継者問題紛糾の時点で三十七とするか、昇格の推定年次、『続紀』の大宝元年（701）にするか、卒時の慶雲二年（705）として算定するか、のいずれにするかによって、かなり異なってくる。私は額田王の歌詠年次との関係で、卒時三十七歳説をとるので、それによって算定すると持統十年では、二十八歳頃となって、およそのところ弓削皇子とは、同年配と見做すことができる。

吉野行幸に同行し弓削皇子を慰めた春日王は、文武三年（699）の六月二十七日に「浄大肆（従五位上相当）春日王が卒した。〔天皇は〕使を遣わして弔い、物を贈った」と『続紀』にある。紀・続紀を通じて春日王は三人いるが、文武三年六月卒の春日王が、弓削皇子の友人で、万葉の歌は、この弓削皇子への唱和歌一首のみである。

弓削皇子も、一ケ月後の七月二十七日に亡くなっている。「浄広弐（従四位下）の弓削皇子が薨じた。〔天皇は〕浄広肆（従五位下相当）の大石王、直広参（正五位下相当）の路《みちの》真《ま》人《ひと》大人《うし》らを遣わして、喪葬のことを監督、護衛させた」と『続記』にある。弓削皇子の浄広弐の位階は持統七年の春正月のときに授位されたままで、したがって持統体制のなかでは目立った活躍なしに、風雅に徹しておられたようだ。漢詩はないが、『万葉集』に八首（類歌一首）の歌を残している。多くの人たちの献上歌があるので、作者不明の三首と挽歌を挙げておこう。

弓削皇子に献れる歌三首（雑歌）

さ夜中と　夜は深《ふ》けぬらし　雁《かり》が音《ね》の
聞ゆる空に　月渡る見ゆ　（九－1701）
妹があたり　茂き雁が音　夕霧に
来鳴きて過ぎぬ　すべなきまでに　（九－1702）
雲隠《がく》り　雁鳴く時は　秋山の
黄葉片待つ　時は過ぐれど　（九－1703）

「雁が音」と「夜空の月」が調和した美しい歌。雁が音を聞いて、あれは妹のあたりで鳴いていた雁だ。すべなきまでに妹が恋しい。雲に隠れて雁の鳴くときは、秋の黄葉があればいいのに。もう黄葉の季節は過ぎている。晩秋の頃に皇子たちが集まった宴席での交流から生まれた献上歌でもあるのか（人麻呂歌集に属すの説もある）。挽歌には次の長歌一首、反歌一首、短歌一首がある。

弓削皇子の薨《かむあが》りましし時に置始《おきそめのあづまひと》東人の作れる歌一首并せて短歌

やすみしし　わご大君　高光る　日の皇子　ひさかたの　天つ宮に　神ながら
神と座《いま》せば　其《そこ》をしも　あやにかしこみ　昼はも　日のことごと　夜はも
夜のことごと　臥《ふ》し居《ゐ》嘆《なげ》けど　飽き足《た》らぬかも　（二－204）

反歌一首　（既出）（二－205）

また短歌一首

ささなみの　志賀さされ波　しくしくに
常にと君が　思ほせりける
（二－206）

「また」というのは、その際に別に、詠んだというほどの意味で、「志賀のさざ波がしきりに寄せるように、しきりに変わらずありたいと君はお思いになっていた」という。弓削皇子は、短命を予感して歌を詠んだこともあった。けれども、本当は長命を願っていたはずの君であるのに、ということなのであろう。

葛野王は慶雲二年までは生存していた。

持統十年に宮廷会議に出席した葛野王の胸中は複雑であったが、持統女帝の思惑を尊重し、葛野王は進み出て、「神代より以来、子孫相承けて天位を襲《つ》げり」と、軽皇子を積極的に推薦して、持統女帝に喜ばれた。皇太后、「その一言の国を定めしこと」と嘉みしたまひて、抜擢して正四位を授けて式部卿に拝したまふ、とあった。これが実現するのは、推定で『続紀』によって大宝元年（701）に見受けられるが、『続紀』には特に名前は挙がってはいない。

葛野王は治部卿であった。職員令によれば、卿は治部省に一人で治部省の長官である。治部省は、本姓、継嗣、婚姻、祥瑞、喪葬、贈賻、国忌、諱及諸蕃朝聘事を広く掌る（『懐風藻』頭注）役割を担っている。従って、太政大臣高市皇子の配下にあって要職についていたわけである。葛野王の『懐風藻』による人物評はすでに触れておいたように、特に学問を好み、経書と史書に精通して、文章を綴ることを好み、それとともに書画にも堪能であったようである。何も残ってはいないが、政治家であるとともに教養人でもあった。彼は額田王にとっては最も頼りになる人物であったことだろう。

持統天皇は、持統十一年（６９７）八月に、皇位を軽皇太子に譲った。軽皇子は、時に十五歳。文武天皇である。持統天皇は、文武天皇の政治を後見する意味で、太上天皇制を初めて導入され、みずから持統太上天皇になられたのである。

文武天皇は、八月二十日に藤原朝臣宮子娘を夫人として、紀朝臣竈門娘・石川朝臣刀子娘を妃（「嬪」のあやまりか）として入内させた。二十九日には、王親（皇族）と五位以上の者に食封を、地位に応じて与えたというから、葛野王にも贈恵があったはずである。閏十二月七日には諸国に飢饉があり、物を与えて、税の取り立てを止めたとか、その他処罰についても細かな記載がある。

二年には近江、紀の国に疫病が起こった。朝廷は、医師と薬を支給して治療を施したとある。また特に文武二年に詔をもって「藤原朝臣に賜った姓は、その子の不比等にこれを継承させるべきである。意美麻呂には、氏族本来の任務である神祇を掌《つかさど》っているから、旧姓の中臣に戻るべきである」と告げている。この発想は不比等から出たものと推定される。やがてはこの発想が日本律令官僚体制の特質の一つとして、神祇官と太政官の並立という形で結果するのである。結果的には、この並立体制が日本の文化的政治風土にはよく適合することとなったのである。

宗教生活に一つの変革をもたらしたのは道照の火葬儀礼である。

文武四年三月十日、「道照（道昭）和尚が物化した。天皇は、それを甚だ悼み、惜しみ、使いを遣わして弔い、物を贈った」。

『続紀』はかなりのスペースを取って道照について紹介している。和尚は河内国丹比郡の人。俗姓は船連《ふねのむらじ》。父は少錦下（従五位下相当）の恵釈である。孝徳天皇の白雉四年（653）に、遣唐使に随行して入唐した。玄奘三蔵に出会い、禅定を学び悟るところが多かった。別れに臨んで三蔵は舎利と経論をことごとく和尚に授けた。帰国して元興寺（飛鳥寺の東南の隅）に禅院を建てて住んでいた。諸国を巡って救いの行をして、最後に禅寺に戻った和尚は、縄床に端座したまま息絶えた。弟子たちは遺言に従って、栗原（明日香村の南部の桧隈の地）で火葬にした。額田王は、葛野王と共に桧隈の森から立ちのぼる火葬の煙を拝しながら、新しい葬送のあり方を語り合ったのである。

額田王は微笑しながら言った。

「私の葬儀も火葬でお願いしますよ」

「何をおっしゃるのです。栗原寺を完成しないうちはあの世には行かれませんよ」
と応える葛野王。
その葛野王が額田王を残してあの世に旅立つ時があろうとは、誰が予測できたであろうか。

若年ながら文武天皇は七〇一年の正月には、大極殿に出御して百官の朝賀をうけた。大極殿の正面に烏形幢を立て、左側に日像、青龍、朱雀の幡、右側に月像、玄武、白虎の幡を立てて、蕃夷の国の使者たちが両側に並んだのである。式典に臨んだ百官は、ここに至ってわが国も文物の制度が整備されたとの感慨をもった。同年の三月二十一日に対馬から金が献上されたのを機縁として「大宝」の年号が立てられた。以後、日本の元号は、「大化」、「白雉」、「朱鳥」と断続的であったのが、「大宝」以後は、現在の平成にいたるまで継続している。

八月三日には「三品刑部（忍壁）親王、正三位の藤原朝臣不比等、従四位下の下毛野朝臣古麻呂《しもつけのあそんこまろ》、従五位下の伊吉連博徳《いきむらじはかとこ》、伊余部連馬養らに命じて大宝律令を選定させていたが、ここに始めて完成した」。大略は飛鳥浄御原令を拠りどころとしている。やがて各地に配布されて、勉強会が行われはじめるのである。

翌年、ここまで賢明に国政に携わってきた持統太上天皇が、遂に二年十二月二十二日に崩御された。その直前の初秋に、吉野行幸から帰られた持統太上天皇は、東海道巡幸を思い立った。冬の東海道を尾張、美濃、伊勢、伊賀と、ゆるやかに進んで、十一月の末には藤原京に帰ってこられた。大宝律令が天下に分かち下されたのはその旅の途中であった。それは壬申の乱後に天武天皇と築いた浄御原令を基準にしたものである。太上天皇が息をひき取られたのは、その旅から帰って一ケ月も経ってはいなかった。

太上天皇の喪は、大宝三年十二月十七日に飛鳥の岡で、歴代天皇では初めての火葬が行われた。天武天皇の大内山陵に合奏されたのは、十二月二十六日であった。額田王にとってこれは衝撃的であった。額田王はさらに心に誓ったことであろう。草壁皇太子の供養のための塔は、必ず打ち建てますよと。額田王が頼りにしていた葛野王もこの世を去った。慶雲二年十二月二十日に、「正四位上の葛野王（大友皇子の息）が卒した」とある。『懐風藻』の編者とされる淡海三船は、葛野王の孫というのであるから、平城遷都後には、家族は寧楽に移り住んでいたのではないであろうか。

大宝二年正月の条に「従三位の大伴宿祢安麻呂を式部卿に任じた」とあるから、葛野王は次第に政界から一歩退いて漢詩、書画の世界に魅せられていったのかもしれない。漢詩「龍門山に遊ぶ」に、車駕を命じて山水に遊び、宮仕えの煩わしさを忘れて、鶴に乗って仙境に遊びたいとあり、葛野王の心境が窺える。

五言。遊龍門山。一首。

命駕遊山水。　駕《が》を命《おほ》せて山水《さんすい》に遊び、
長忘冠冕情。　長く忘る冠冕《かんべん》の情《こころ》。
安得王喬道。　安《いづく》にか王喬《わうけう》が道を得て、
控鶴入蓬瀛。　鶴を控《ひ》きて蓬瀛《ほうえい》に入らむ。

吉野の龍門山は、南に吉野の清流があって、宮滝に近い。吉野の神秘なたたずまいに、世俗を超えた静寂の世界を見出している。

祖母持統のもとにあって政治をおこなってきた文武天皇は、持統太上天皇の後を追うようにして崩御された。慶雲四年六月十五日に二十五歳にして病のために倒れられた。遺詔によって挙哀は三日、喪服着用は一ケ月。殯宮の儀が終わって、飛鳥の岡で火葬され、二十日に遺骨は桧隈の安古《あこ》の山陵に埋葬されたのである。文武天皇は『懐風藻』に漢詩三首を残しておられる。文武天皇に関連して忘れることのできない歌は、「軽皇子の安騎野に宿りし時、柿本朝臣人麻呂の作れる歌」である。長歌一首と短歌四首（一－45～49）から成っているので、そのうちの一首。

日並の　皇子の命の　馬並《な》めて
御猟立たしし　時は来向かふ　（一－４９）

日並皇子の命が馬を連ねて、今しも猟に出ようとされた、あの仏暁の時刻が、今日もやってくる！

作歌年次は不明であるが、軽皇子一行が安騎野で一夜を過ごして狩猟に出発する。その時刻を、父草壁皇太子の過去の時刻に重ねて勇み立っていた軽皇子。文武天皇の喪を、若き頃の凜々しい馬上の軽皇子に重ねて、人々は葬送の涙を流したことであろう。

この文武天皇の皇位を継承したのが元明《げんめい》天皇、即ち阿閇皇女である。皇女は天智天皇を父とし、草壁皇太子の妃となり、氷高《ひだか》内親王と文武天皇の生母である。六月二十四日、東楼に出御して、遺詔によって全ての政務を執り行うこと、七月十七日には、大極殿にて天皇即位の宣言をされた。即位に当たっては、近江令の不改常典に則った即位である旨を告げて、皇位継承にまつわる疑惑を払拭しようとされた。夫と愛児の死の悲傷を抱きながら、国政の頂点に立たれた元明天皇には、強さとともに泉から湧き出るような瑞々しさがある。七〇八年正月十一日、武蔵国秩父郡より銅の献上があって、和銅と改元された。しかし藤原京の繁栄は十六年で終わった。というのは南に高く北に低いのが、天子南面を理想とする都城の構図に適合しないこと、湿地帯が多く衛生上の地理的条件が最悪ということで、和銅三年春二月に、新都の平城京に遷都されたのである。元明天皇の思惑とは別の歴史の流れが、都城を北方に移したのである。

和銅三年庚戌《かのえいぬ》の春二月、藤原宮より寧楽宮に遷りましし時に、

御輿を長屋の原に停めて遥かに古郷を望みて作れる歌
（一書に曰はく、太上天皇の御製といへり）
飛鳥《とぶとり》の　明日香《あすか》の里を　置きて去なば
君があたりは　見えずかもあらむ　　（一－78）
（一書に曰はく、君があたりを見ずてかもあらむ）

作者名がなくて、一書に太上天皇の御歌とあるので、問題が出てくる。もし平城遷都時とすれば、太上天皇は不在なので、題詞に合わなくなる。題詞を生かして元明天皇の御製としておこう。『続紀』によると遷都は三月十日である。遷都に先立って、天皇一行が遷居されたときの御歌であろうか。明日香の里を後にして去ったならば君の家のあたりは見えなくなってしまうだろうか。題詞には藤原宮とあるのに明日香というのは何故かと問われる。この点を明確にするのは難しい。題詞は藤原宮から新京へを強調している。明日香には持統女帝、草壁皇太子、文武天皇等の御霊の鎮まる御陵があり、したがって古郷の意味が込められているのではないであろうか。

ここで額田王に立ち返らなくてはならない。額田王は新都平城京へは行かなかった。むしろ飛鳥古郷に踏み留まっていたのではないであろうか。葛野王がこの世を去ってからは飛鳥に残っていた中臣大嶋の屋敷に移り住んでいた。その屋敷には、大嶋の筆録した「天武十年に始められた『帝紀及び上古の諸事』についての未整理資料」が山積していた。姉の鏡皇女と藤原鎌足の息子とも言われる藤原不比等が訪ねてくると、吟味した資料を漁って、持ち帰っていった。

養老四年（７２０）五月二十一日の条にさりげなく、『日本紀』の献上が記載されている。「これより以前に、一品の舎人親王は、勅命を受けて『日本紀』を撰修した」。この度は、それが完成したので、元明天皇に献上申し上げたこと。その内容は、「紀［編年体の部分］三十巻と系図一巻である」とだけ記されている。ここには不比等の名が挙がっていないが、『日本書紀』の撰修が不比等にとっての大事業であったことは、研究者によってしばしば指摘されてきたところであるし、前節でも少し触れておいた。大宝元年の律令選定には堂々「正三位藤原不比等」の名を掲げていたのに『日本書紀』撰集に当たって沈黙しているのは何故であろうか。

不比等は大嶋の仕事の継続を図っていたことは推定されるのである。このような局面で役立つのは額田王である。不比等は、老境にあってなお、活力を残している額田王に資料の整理を依頼するとともに、額田王の事業にも協力を惜しまなかったのではないか。何しろ額田王は宮廷深くに入って、幾代もの天皇に仕えてきた歴史の生き証人なのであるし、不比等は大宝律令に基づく国政の新体制の実力者なのであるから。

さて、粟原寺の鑪盤銘は、粟原寺完成の時を、「和銅八年四月」と刻印している。和銅八年（７１５）は、元明天皇が、女の氷高内親王に帝位を譲った年である。内親王は元正天皇となり、新天皇とともに元号は、左京職が貢進した目出度い亀に因んで霊亀と改められた。「和銅八年を、霊亀元年となす」と。しかし譲位されたのは九月なので、四月は和銅八年になる。後に改元の年は、新元号をもって統一されるので、和銅八年が消えている場合もある。奈良時代には和銅八年四月は歴然として存在する。

元明天皇は、彼女が阿閇皇女であった時代に、十市皇女と伊勢の斎宮に、斎王の大伯皇女を訪ねたことがあった。したがって、額田王とも親しく交流のあった間柄である。額田王の粟原寺建設の計画には協力的であったにちがいない。

何はともあれ「女帝」の座に君臨するのであるから、額田王にとっては頼りになる存在である。その上に、文武天皇の父の草壁皇太子の供養の宝塔を建てるというのであるから、元明女帝としては協力せずにはいられない。このようにして額田王は、幸運にも、多く人々の善意の結晶を粟原寺三重の宝塔の輝きに見出すことができたのである。しかし現在は残念ながら塔の伏鉢が残るのみとなった。今となっては伏鉢の銘文から、粟原寺の全容をイメージする以外の方法がない。額田王の晩年を探る探索の旅は、ようやくにして伏鉢の銘文の意味を探ろうとするところまで辿りつくことができた。京が変わり、人が変わり、時代が変わるなかにあって、保ち続けてきた額田王、というよりも「比売朝臣額田」の執念、すなわち伏鉢に刻印された比売朝臣額田の「生への情念」を読み取っていただけたらと思うものである。比売朝臣額田の呼称は、仲臣朝臣大嶋の名称に合わせて改名したのであって、略称はヒメと呼んで下さっても結構です（『紀』の「中臣」が鑪盤銘では「仲臣」に書き変えられている）。

額田王の再婚説が生まれる背景は、奈良県桜井市にある粟原寺の宝塔の「鑪盤銘」（談山神社蔵）にある。鑪盤銘と言ったのは、江戸後期の国学者、狩谷棭斎の『古京遺文』によったものである。ところで、奈良国立博物館の「造寺に関わる紀年銘遺宝」からすれば、「鑪盤」は伏鉢を支えている部分で、伏鉢とは別称になっている。名称は、時代によって変化する面もあると思われるが、今日では「銘文」は、伏鉢に当たる部分に刻まれているから、伏鉢の銘文になる。

棭斎の注釈によれば、この鑪盤とは、いわゆる塔の宝輪を支えている伏鉢のことでその形状が火鑪、すなわち火鉢に似ていることから鑪盤と呼ばれる物になったというのである。伏鉢と鑪盤の名称を厳密には分けずに伏鉢＝鑪盤のこととしている。単純に棭斎の誤解、若しくは認識不足と言って片付けられないものがある。というのは時代の影響もさることながら、銘文の別の個所に「七科の鑪盤」の語が出てくるからである。「鑪盤」の名称は何を指しているのか。それは屋根から上に露出した鋳銅製の部分を指しているのか。

銘文を挙げてみよう。

〔銘文〕

寺壱院四至（境内）　限東竹原谷東岑　限南大岑
限樫村谷西岑　限北忍坂川

此粟原寺者仲臣朝臣大嶋惶惶誓願
奉為大倭国浄美原宮治天下天皇時
日並御宇東宮敬造伽藍之尓故比賣
朝臣額田以甲午年始至於和銅八年
合廿二年中敬造伽藍而作金堂仍造
釋迦丈六尊像
和銅八年四月敬以進上於三重宝塔
七科鑪盤矣
仰願藉此功徳
皇太子神霊速証无上菩提果
願七世先霊共登彼岸
願大嶋大夫必得仏果
願及含識倶成正覚

訓読によって意味を確認しておこう。

寺壱院の四至（境内）、東を限るのは竹原谷の東の岑《みね》。南を限るのは大岑。（西を）限るのは樫村谷の西の岑。北を限るのは忍坂川《おしざかがわ》。此の粟原寺は仲臣朝臣大嶋が惶惶誓願して、大倭国浄美原宮治天下天皇《やまとのくにきよみがはらのみやにあめのしたしろしめすすめらみこと》（持統天皇）の時、日並御宇東宮《ひなめしあめのしたしろしめすひつぎのみや》（草壁皇子）の奉為《おんため》に、敬みて造れる伽藍なり。故《かれ》に、比売朝臣額田、甲午の年（持統八年・６９４）を以て始め、和銅八年（元明天皇・７１５）に至る。合せて廿二年に中《あた》る。敬みて伽藍を造り、而して金堂を作る。仍りて釈迦の丈六の尊像を造る。和銅八年四月、敬みて以て、三重の宝塔に七科の鑪盤を進上す。

仰ぎて願わくは、此の功徳を藉りて、
皇太子の神霊速やかに、无上の菩提の果を証せんことを。

　願わくは七世の先霊共に彼岸に登らんことを。

　願わくは大嶋大夫、必ず仏果を得んことを。

　願わくは含識に及ぶまで正覚を成ぜんことを。

以上が金銅製の伏鉢の刻文から棭斎が解読したところである。


それにしてもこれだけの文字を判読するのは並大抵のことではない。全体が鋳銅製で、施された鍍金の跡が随所に残っていて、仲臣朝臣大嶋や比売朝臣額田の文字の跡も見えている。

まず「鑪盤」にこだわってみると、形状が火鑪、すなわち火鉢に似ているから伏鉢のことを鑪盤と呼び、刻文をもって「鑪盤銘」とした。この「鑪盤銘」を受けて、それは露出しているから「露盤銘」である。「塔の九輪の根本のところにしつらえられるのが普通」である。伏鉢と鑪盤を区別せずに、刻文を「鑪盤銘」としている。この場合には、伏鉢を含めて三重塔の屋外に出た部分を鑪盤と称したことになる。銅製で鍍金が施されている部分である。

鑪盤については銘文中に「七科の鑪盤」の名称がある。これは何を意味するか。この点について、身近な研究者たちと議論したことがある。その時は結論を出さずに終わっていたが、その後に奈良国立博物館の「粟原寺伏鉢一基」の説明に、「三重宝塔に七層の相輪（露盤）を進上し」の文章を見て、七科は「七層の相輪」の義に解してよいと確信した。

大和には立派な塔が多い。寺院にはほとんど金堂の他に塔が建っている。その祖型はインドのストゥーパ（仏塔）にあり、その形の半球状（土饅頭）が伏鉢に当たる。更に中国に入って楼閣建築と結びついて、屋根が幾層にも重なった塔として建造された。以来、本体の半円球は屋蓋の上に置かれ、いわゆる伏鉢となった。この形式が朝鮮半島を経て日本にも伝えられたのは今日ではよく知られている。

本来、釈迦の遺骨が収められたとされるインドのストゥーパには釈迦の生涯を語る文様が描かれているということ。仏教伝来と共に仏塔が日本にも渡って、伏鉢として変容したとすれば、伏鉢には仏の本体が象徴的に籠められているものと、信じられてきたと言ってよい。このような意味で、伏鉢は、本来、塔の中核をなす存在であったと見做すことができる。

このように考えると、伏鉢に粟原寺創建の由来を刻印するということは単にメモリーとしてではなく、仏道への深い信仰的意義が込められていたことになる。奈良時代に伏鉢の源流が認識されていたかどうかには問題があるとしても、額田王の信仰告白の意義をなすのではないか。

一般に、塔の相輪は九層から成り立っている。にもかかわらず、粟原寺の相輪は七層から成っている。それは銘文に記されている七世の先霊の意義に対応していることは明らかである。重ねた屋根の三重形式は、初期の仏塔の多くに見受けられるが、七層の相輪というのは、特異な様式といわねばならない。それは、塔に込められた額田王の生涯に関わる神霊への祈願によって特殊化された形式といってよいのではないか。

銘文は伏鉢表面の、高一尺（約三〇センチ）、濶《かつ》（横）一尺二寸五分（約三八センチ）。そのなかに十五行、文字にして百七十五字が刻み込まれている。誰の手によって刻まれたのかは問うことはできないが、白鳳・天平時代は、造寺・造仏の全盛時代である。誰か勝れた彫金師の手によったものであろう。しかし、銘文の内容を作成したのは比売朝臣額田その人であることに相違はない。

比売朝臣額田は万葉女性歌人の額田王であること。そして晩年の夫と見做される仲臣朝臣大嶋については、これまで述べたところで重要なのは、第一に天武十年三月十七日に、川嶋皇子ら十一人と共に「帝紀及び上古の諸事」の記定に際して大嶋が筆録したことである。これが後の『日本書紀』撰集の開始に当たるので、筆録者にはその記録資料を整理する責任があった。この大嶋に任された仕事には知的協力者が必要であり、額田王に白羽の矢が当たったわけである。

額田王にすれば、仕事の内容の重要性もさることながら、それを扱う主体の人格性に尊敬が寄せられるような相手であることが望ましい。その点について持統天皇の即位式と大嘗祭に神祇伯として天神寿詞を読む大嶋に、額田王は尊敬と愛情を抱いた。したがって、第二に重要なのが、持統四年一月一日の天皇即位式に際して大嶋は、神祇伯として天神寿詞を読んだこと。翌年は大嘗祭である。持統五年十一月二十四日の此の時も大嶋は、神祇伯として天神寿詞を読む。『紀』には「中臣朝臣大嶋」となっているが、鑪盤銘は「仲臣朝臣大嶋」である。中臣氏は神と人との間を仲介する役柄を担っている。ならば「仲臣朝臣大嶋」の呼称が相応しい。そのような神祇伯にお仕えする私は「比売朝臣額田」がよろしいのでは、ということで銘文の主役の呼称が決定されたのである。

既述した銘文の内容について少し補足してみよう。

冒頭に粟原寺の境内の四至が決められている。そしてこの粟原寺は大嶋がおそれ謹んで誓願し、持統天皇の時に草壁皇子のために、まず伽藍が形造られた。大嶋の死去は、賻物を賜った持統七年と推定される。故にそれ以前の発願である。持統三年四月十三日の草壁皇太子の薨去には、殯宮に柿本朝臣人麻呂や舎人たちの万葉挽歌が献上されている。大嶋は死者を供養する新しい形式の造寺、造仏の建立を持統女帝に誓願したのであろうと考えられる。

伽藍は建造されたけれど諸般の事情で寺院建築は進捗しなかった。大嶋は病に倒れ、後事を「比売朝臣額田」に託して此の世を去った。翌年の持統八年（６９４）に建築が始まって、金堂が完成し、その中に丈六の釈迦尊像が据えられたのである。金堂の傍には三重の宝塔と七科の鑪盤が建てられ、すべての完成を見たのが和銅八年（７１５）四月である。実に二十二年の歳月を要したのである。

この功徳によって、「皇太子の神霊速やかに」とある。何故「御霊」ではなくて「神霊」なのか。神霊という以上は神の観念が意図されている。神の観念を残しながら「無上の菩提の果」を保証して下さいますようにと祈る。

人麻呂の挽歌にもあるように草壁皇太子は「日並皇子尊」である。「日」は皇祖天照大御神であり、持統女帝でもある。皇孫の死は「神あがり　あがり座しぬ」ので、地上から天上の神となられるのである。

一方「菩提の果」は外来仏教の功徳である。即ち御仏の菩提の助けもかりて、天上の神々の聖界に迷いなく上られますようにと祈るのである。皇親政治をとってきた天武、持統体制には皇親観念が根強く働いていたにちがいない。しかし仏教は、万人すべてにとって平等であるとの教えを説く。この仏教真理を額田王に説いたのは大嶋である。額田王も動かされるところがあって、粟原寺の発願の意志を受け継いだのである。したがって、「七世の先霊」は『塔』（梅原猛）において説かれているように、「祖先霊」をいうのではなくて、額田王の生涯に関わってきた人たちへの思いが込められている。皇極天皇、天智天皇、天武天皇、持統女帝、大友皇子、十市皇女、葛野王で、既に七世の先霊になる。でも死後に神様の世界でお仲間になりたい方は、どうぞこちらへ。仏様の道を選ぶ方はあちらへどうぞ。「各々に差あり」、この言葉は、特に『日本書紀』に多く使われている。

宮廷に少女の頃より仕え、行幸に従駕しては、天皇に代わって御言持歌人として仕え、近江朝では即興詩人としてわがままに振る舞ってきた。壬申の乱後の飛鳥浄御原・藤原京では身近な皇子、皇女たちの夭逝という悲しい出来事に遭い、魂の凍る思いがした。そのような時に大嶋が仏の道へと導いてくれたのである。「願わくは大嶋大夫必ず仏果を得んことを」。そして額田王の生涯において地獄絵を見るように身震いしたのは、二つの戦いであった。白村江の戦いは、日本が初めて外国に敗れた悲劇の戦いであった。どれだけ多くの名も無き人たちが犠牲になったことであろう。「それらすべての含識に及ぶ限りの人々に安らかな魂の眠りを！　与え給え」。この栗原寺の三重の宝塔を眺める額田王にとっては、自己の人生の万華鏡を見つめる思いがあったことであろう。

「栗原寺は、かつて栗原山をバックに堂々とした堂塔と伽藍と寺域を誇っていた」と、このように、『大和の塔』は今からおよそ千二百余年前の小高い岡に創建された栗原寺の威容を回顧している。私の思うに栗原寺の威容は、栗原山を背景にしていること、すなわち小高い岡に常緑樹林に囲まれて建っていたということである。遠くからでも、金堂の屋根と三重の塔が見える。飛鳥・藤原京には大官大寺、飛鳥寺、川原寺、橘寺、薬師寺などの立派な寺院が建っていたが、ほとんどが平地にあった。栗原寺は、あたかも栗原山の麓の山里をいだいて、それを見守るかのように建っていた。金堂の内陣には丈六の釈迦尊像が鎮座ましましている。三重の宝塔と七科の鑪盤は、緑青を背景に燦然と輝いていたのである。

註

(1)「親ら筆を執りて以て録す」の表現はかなりリアルである。筆を使用するからには墨が必要であるし、記録には用紙も必要である。紙はどのようにして手に入ったのかなどが問われる。木簡による「習書の行われた場所において、同時に紙への書写も行われていたのではないかと想定される」（岸俊男『宮都と木簡』１９６８参照）。紙は貴重であるが、木簡は書き損じが可能であるから、紙と木簡の併用が推定される。

(2)岸俊男『古代史からみた万葉歌』（學生社）（１９９１）参照。

(3)「従来の藤原京像を生み出すのに大きく寄与したのは、一九六九年に公表された岸俊男による復原案である。

……その後、京の東西幅は岸説よりはるかに広い五・二キロメートルであることを確定するに至った。このより大きな藤原京域を一般に大藤原京と呼び今日ではこの見方が主流になりつつある」（渡辺晃宏『平城京と木簡の世紀』２００１）。

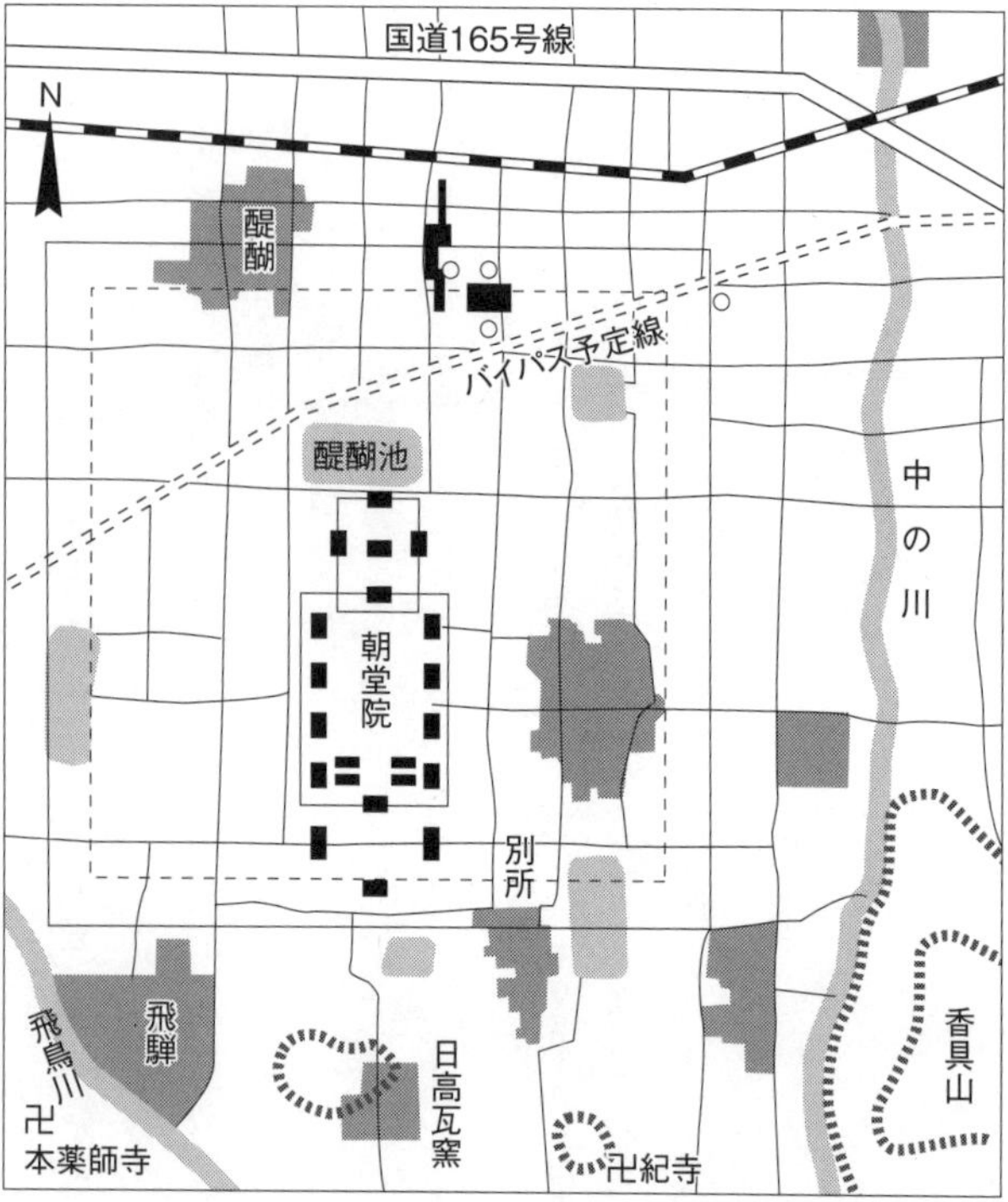

岸俊男氏による「藤原宮」(1968)

あとがき

「乃ちわが町の山かげの古い道を、額田王の老いた姿が、しかも立派な歩きぶりで歩いてゐる形が、そのままに極めてあたりまえのこととして、わが目に立つ。額田王の、粟原、忍阪はみなわが町のうちの所在である」、と述べる保田與重郎氏の言葉は自信と誇りに充ちている。これは氏の著作集第三巻の末尾にある「額田王の念持佛」からの言葉である。これまでに額田王の晩年への幻想を描いてきた私としては、最後に粟原《おおばら》の里をめぐって、粟原寺遺跡を訪ね、ついで忍阪の石位《いしい》寺に座す石仏像を拝しておかねばならない。

　桜井市街を抜けて国道１６６号線を東南に進み、舒明天皇陵や鏡王女の墓のある忍阪を過ぎると、南の山麓に粟原の里が見える。史跡巡りの標識に従って急勾配に舗装された道を下る。

「粟原寺史跡のすぐ近くまで、車で行けますよ」と老婆が教えてくれた。現代では広くはないが舗装された道がついている。粟原山の麓には、白壁で、豊かに敷地をとった民家が建ち並んでいる。山坂にも家があるから、そのためにも車道は必要である。苦労して山道を登る必要はないが、少しは汗を流さないと額田王に申し訳ない気がして、途中で車を置いて、道端の花菖蒲、矢車草、白つつじ等の彩りを楽しみながら、山路の空気を満喫して足を運ぶ。

人の気配が途切れると、登り過ぎてはいないだろうかと心配になる。下から軽四輪自動車に子供三人を乗せた素顔のママが近づいてくるので、案内を乞うと、「粟原寺跡はこの道を真っ直ぐ行けば、右手に十三石塔があってその辺りですよ」と丁寧な指摘である。民家を背にして、更に山上に出ると鮮やかな緑の視界が明るく展望される。

五月下旬というのに、どこからともなく鶯の鳴き声がしきり。粟原川に沿って登って行くので、水音の響きがリズミカルに聞こえてくる。棚田式に区切られた田んぼの彼方には、杉木立の茶褐色の足が櫛目形に立ち並んでいて、その上を繁茂した常緑針葉樹林が、あたかも緑青の絵の具を流したかのように広がっている。粟原廃寺跡は右手にあった。とにかく深い緑に包まれた粟原寺遺跡は、かすかに往時の礎石を残していて、遠い昔の名残を今に留めようとしているかに見えた。

「塔跡は、心礎、四天柱、側柱の礎石が残り、平面は方六・〇六メートルを測る。塔跡の西には金堂跡と推定されるところがあるが、礎石は三、四個残すのみで、規模等は明確ではない。また、塔跡の東側に、粟原寺跡から出土した礎石が並べられている。出土瓦には、奈良時代前期のものがある」と。古い資料からの参考であり、それに従って、残されている礎石を眺めるばかりの私には何もこれ以上に言うべき言葉を持ってはいない。塔跡の面積が一辺約六メートルの方形というのは、大形の三重塔ではないかと推定されている。

さらに興味深いのは、出土瓦に奈良時代前期のものがあったということである。建築のための木材には不自由しないのは確かである。現在も桜井市には木材業者が多くあるではないか。金堂や丈六釈迦尊像はどのようにして創建されたであろうか。瓦が奈良から運ばれてきたということは考えられる。鑪盤も奈良で鋳造されたのかもしれない。完成時が和銅八年（７１５）四月。時代は平城京に移っている。粟原寺創建には、平城京における権力者の協力がなくては完成は不可能ではなかったか。その点については本文で述べたところである。

「一説によると、寺は江戸時代の大水で流出し、仏像などは俗に「粟原流れ」といって、あちこちの寺の本尊におさまったそうだ。寺跡に墨に染めたような黒い花弁を咲かす〝墨染桜〟があったが、枯れてしまったのは惜しい」（『大和の塔』）という不思議な話が紹介されている。

この「粟原流れ」の実態は私には不明であるが、粟原の里全体の地形を見ると、村の入口の辺りが低くなり、かなりの幅の低地が北方に流れ出ているように見える。国道166号線はやや高所に造られているので、粟原村に入るためには、急な坂道を下らなくてはならない。万葉時代に威容を誇っていた伽藍と、常緑樹林のなかに建てられていた粟原寺の金堂と三重の宝塔が倒壊して、礎石のみ残ったというのはまことに残念至極である。

古くにここは磯城郡多武峰村で、磯城から宇陀への需要通路であったらしい。旅人は、森のなかに見える金堂屋根と、三重の宝塔に願いを託しながら、あるいは立ち寄って手を合わせ、祈願をしながら、長旅の疲れを癒したことであろう。その礎石の幾つかが粟原山の斜面途中にある天満神社の境内の一角に残っていたというのも、由来が不明なだけに謎めいていて興味は尽きない。

粟原の里を出て、南東に引き返すと「忍阪《おっさか》の石位寺」に出る。

山号は高円山。大念仏宗来迎寺の末寺とかで、以前は住職が守っていたらしいけれど、現在は無住職である。寺そのものは由緒格式を問う必要もない粗末な寺である。どのような御縁によってか、みすぼらしい寺に迷い込んできたのが石彫三尊像。それが見事な絶品であった。額田王の念持仏とされることによって、一層に注目を浴び、石位寺が一躍有名になった。一説によれば「粟原流れ」のために押し流され、土砂に埋もれていたのが発見されて掘り起こされ、土砂を洗い流して、石位寺の収蔵庫に安置されたとの由来がある。

広く紹介される名称は「伝薬師三尊像（国重文）」。しかし説明文によれば、「本尊は、我国で現存する最古の石彫三尊像で、高さ一・一五メートル、幅一・五メートル、底辺一・二一メートル、厚さ約〇・二一メートル。丸みのついた砂岩製の石板に、頭上は天蓋を戴いて倚座《いざ》する如来形像を中心に三尊仏を浮彫にしたもので、寺伝では薬師三尊仏として伝えられているが、本来いかなる尊像として刻まれたものかは明らかではない」と率直に疑問符を打っている。

薬師仏は一般に、片手に薬壺、若しくはそれに類する宝物をもっている。そうでない薬師仏もあるから形像の尊称は難しいにしても、この石彫三尊像が立派な白鳳時代の仏像であるのはたしかである。とりわけ真ん中に座し居ます御方の表情を拝して、強く惹き寄せられた。優しさのなかに毅然とした知的意志を貯えていらっしゃる。「草壁皇太子（『塔』）ではないか」と言われる方もある。あるいはそうかもしれないが、天使のような無邪気さもあって、私にとっては、仏様以外には考えられない。

このような座像様式には多義があって、座禅式を仏教用語で「結跏趺坐《けっかふざ》」というのだそうで、足が組まれている。石位寺のは「台」に座ったままの座像であって、両足を揃えて踏み下ろした「善跏倚坐《ぜんかいざ》」なのである。足を曲げて左膝の上に乗せたのを「半跏倚坐」と称し、形像が区別されている。前者は如来像にも見られるが、後者は菩薩のみということである。

石位寺の仏像の手元は定印になっている。定印は心の安定を表現するもので、釈迦が菩提樹下で悟りを開いたときの御姿であるといわれる。定印には、禅定印、阿弥陀定印、法界定印などある。

禅定印は座禅のときの組み方、法界定印は密教の胎蔵界曼陀羅の中心に座し居ます大日如来の組み方である。では阿弥陀定印といってよいかとなると、浄土教の仏像ともいうこともできない。結局は説明文にあるように如来様とだけはいうことができる。両側で合掌している脇侍も菩薩とだけいうことができよう。薄物の法衣が軽やかにゆれ動いて、ヘアバンドには仏花が飾られている。この両脇侍の菩薩が仏様に頼りきった姿は、いかにも可憐である。

さてこのように三尊像を拝していると、反射的に私の想念をよぎるのは、粟原寺の金堂に鎮座ましましておられた丈六の釈迦尊像の御姿である。丈六といえばおよそ五メートルはある。座像であればその仏像が座った時の座高になる。

粟原寺の釈迦尊像は金銅製であったか、木造だったのか、脱活乾漆造ということはなかったろう、などを考えながら、遥か南西方向に当たる粟原山に遠く目を移してみる。その中腹の辺りに建つ金堂と三重の宝塔を幻想してみる。さらに金堂の傍らに小さな御堂があったとすると、現在は石位寺に安置されている石彫三尊像がその中に鎮座ましましていた古い時代もあったのではなかったかという想いに駆られるのである。

この度『生への情念を探る――もうひとつの額田王論――』と題した小著を「文芸社」より出版することとなった。

この無数の人たちによって扱われてきた万葉女性歌人について現在、何を言う所存なのかと問われれば、答えに窮する次第である。万葉愛好家としての私の長年の夢であった額田王の難訓歌への哲学的アプローチと、ついで再婚説への是非論について未熟なままにこの度まとめることができた。いささか出版にためらいがちであった私に勇気を与えて下さったのは出版企画部主任の有吉哲治氏であった。

哲学的アプローチという取り組みには希少価値があるから思い切って世に出してみてはということで励まして下さった。その言葉に勇気づけられて従来の研究とは少し角度を変えた小著を世に出してみたのである。内容についての有益な意見のうえに、万葉歌の活字表記に工夫をして下さったのは編集部の山下裕二氏であった。

万葉歌は古語に属する。万葉愛好家にとっては違和感のある言葉に出合って戸惑いを覚えることも少なくはない。まずは万葉歌に馴染んでいただけるようにと、本文から多少浮き出るような表記手法が試みられた点について読者の方々のご賛同が得られることを切に願っている。万葉研究の専門の方々のご教示とご叱声を賜りながら、日本文化の源流をなす万葉びととの世界の解明に多少なりともお役に立つことができれば、まことに幸いである。最後に、本書の出版を積極的に推進して下さった文芸社社長の瓜谷綱延氏に甚深の謝意を申し上げます。

平成十六年八月

宮地たか

本書は、二〇〇五年に文芸社より刊行した作品を改訂して文庫として再刊しました。

〈舒明系図〉

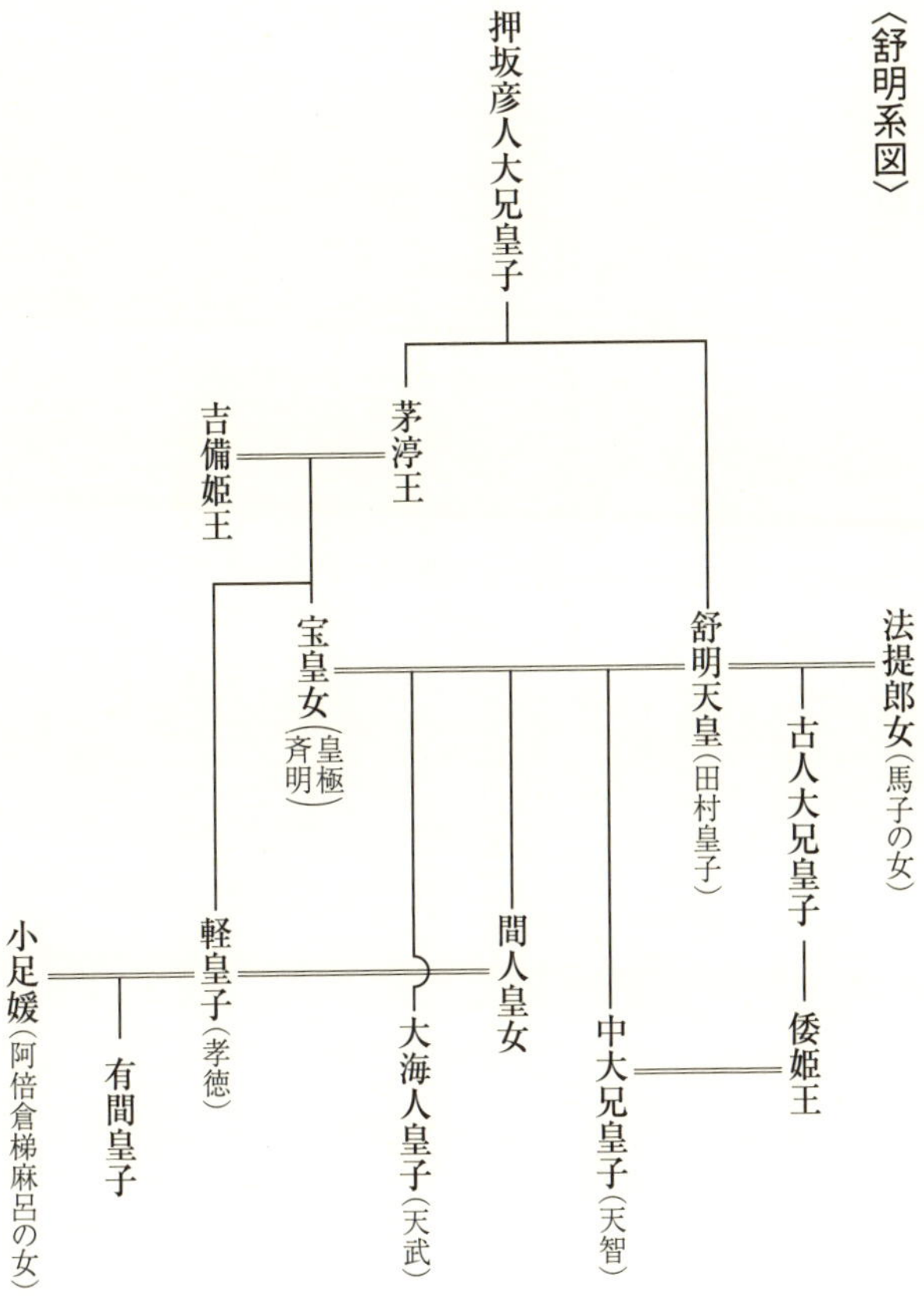
押坂彦人大兄皇子
茅渟王
吉備姫王
舒明天皇（田村皇子）
法提郎女（馬子の女）
宝皇女（皇極 斉明）
古人大兄皇子
倭姫王
軽皇子（孝徳）
小足媛（阿倍倉梯麻呂の女）
有間皇子
間人皇女
大海人皇子（天武）
中大兄皇子（天智）

〈天智系図〉

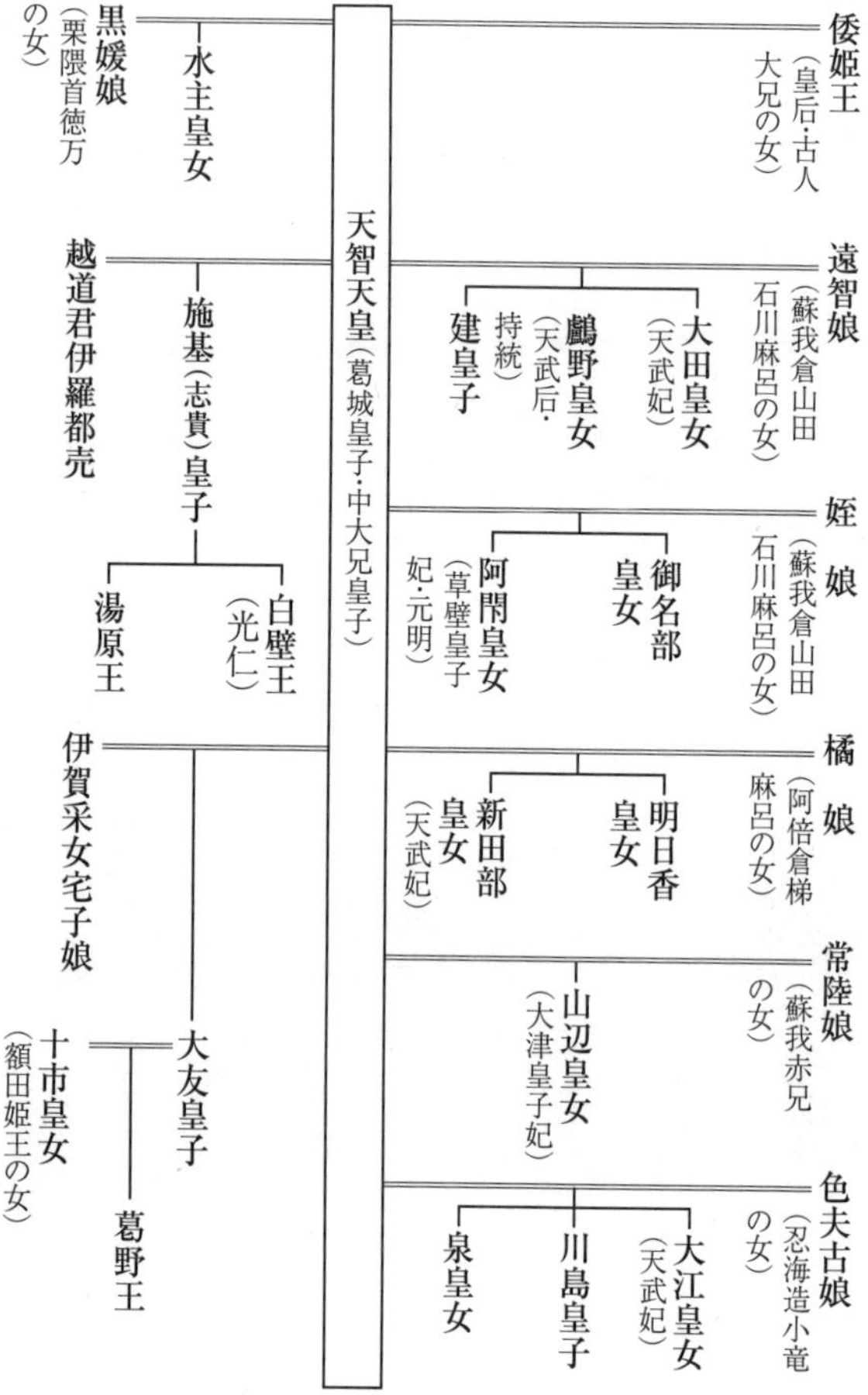
天智天皇（葛城皇子・中大兄皇子）
倭姫王（皇后・古人大兄の女）
遠智娘（蘇我倉山田石川麻呂の女）
大田皇女（天武妃）
鸕野皇女（天武后・持統）
建皇子
姪娘（蘇我倉山田石川麻呂の女）
御名部皇女
阿閇皇女（草壁皇子妃・元明）
橘娘（阿倍倉梯麻呂の女）
明日香皇女
新田部皇女（天武妃）
常陸娘（蘇我赤兄の女）
山辺皇女（大津皇子妃）
色夫古娘（忍海造小竜の女）
大江皇女（天武妃）
川島皇子
泉皇女
黒媛娘（栗隈首徳万の女）
水主皇女
越道君伊羅都売
施基（志貴）皇子
白壁王（光仁）
湯原王
伊賀采女宅子娘
大友皇子
十市皇女（額田姫王の女）
葛野王

〈天武系図〉

天武天皇（大海人皇子）

- 鸕野讃良皇女（皇后・天智の皇女・持統）
  - 草壁皇子 ＝ 阿閇皇女（天智の皇女・元明）
    - 氷高皇女（元正）
    - 軽皇子（文武） ＝ 藤原宮子（不比等の女）
      - 首皇子（聖武） ＝ 県犬養広刀自
        - 安積皇子
      - 首皇子（聖武） ＝ 安宿媛（不比等の女、光明皇后）
        - 基王
        - 阿倍皇女（孝謙・称徳）
- 大田皇女（天智の皇女）
  - 大伯皇女
  - 大津皇子 ＝ 山辺皇女（天智の皇女）
- 大江皇女（天智の皇女）
  - 長皇子
  - 弓削皇子
- 新田部皇女（天智の皇女）
  - 舎人皇子
- 大蕤娘（蘇我赤兄の女）
  - 穂積皇子
  - 紀皇女
  - 田形皇女
- 額田姫王（鏡王の女）
  - 十市皇女 ＝ 大友皇子（天智皇子）
    - 葛野王
- 尼子娘（胸形君徳善の女）
  - 高市皇子
    - 長屋王
    - 鈴鹿王
- 宍人欙媛娘（宍人臣大麻呂の女）
  - 忍壁皇子
  - 磯城皇子
  - 泊瀬部皇女
  - 託基皇女
- 氷上娘（鎌足の女）
  - 但馬皇女
- 五百重娘（鎌足の女）
  - 新田部皇子
    - 塩焼王
    - 道祖王

額田王関連年表

西暦	年号	主要関連事項	一般事項
六二九	舒明一		
六三〇	二		第一回遣唐使。
六三二	四		唐使来る。
六三四	六	額田姫王生まる?	
六三七	九		唐に貞観律令制定。
六三九	一一	天皇伊予の温湯の宮に幸す——讃岐にて軍王の歌(五・六)。	
六四〇	一二	入唐の高向玄理・南淵請安等帰朝。この頃、中皇命(間人皇女)の宇智野遊猟の時の歌(三・四)。	
六四一	一三	舒明天皇崩49。中大兄16にして誄す。	
六四二	皇極一	この頃蘇我氏全盛。	
六四三	二	入鹿、山背大兄王を襲い、自経せしむ。	百済の王族、内乱により亡命。
六四五	四 孝徳 大化一	中大兄皇子、大極殿に於いて入鹿を討つ。蝦夷自殺。軽皇子に譲位。 中大兄皇子皇太子となる。僧旻・玄理を国博士となす。古人大兄皇子の叛。難波長柄豊碕に遷都。	高句麗・百済・新羅の使者来朝調貢。
六四六	二	大化の改新の詔。	

六四八	四	額田王の歌（七）。	
六四九	五	冠位十九階を定め、八省百官を置く。山田石川麻呂謗を受けて自害。	
六五〇	白雉一	白雉が献上されて改元。	
六五一	二	十市皇女生まる？	
六五三	四	太子の遷都の議を天皇許さず、太子は上皇・皇后・大海人皇子を伴い、飛鳥川辺行宮に移る。	遣唐使を派遣したが難破。
六五四	五	孝徳天皇崩59。玄理、唐に客死。	第三遣唐使。
六五五	斉明一	皇極重祚。板蓋宮焼け川原宮に移る。	
六五六	二	飛鳥岡本宮を造営。	
六五七	三	大田・鸕野皇女（持統）14・13歳にして大海人皇子の妃となる。	
六五八	四	紀の温湯に幸す ― 額田姫王の歌（九）。有間皇子刑死19（一四一・二）。	
六五九	五		百済と高句麗、新羅を攻む。第四回遣唐使。
六六〇	六	百済救援に決す。	新羅、唐の援軍を得て、百済を攻む。
六六一	七	西征、娜の大津（博多）に着く。途上、額田姫王の歌（八）・中大兄の三山の歌（一三―五）。朝倉行宮を本宮とす。	百済救済に出兵。

六六三	天智二	大伯皇女・草壁皇子生る。斉明天皇朝倉行宮に崩68。中大兄称制、帰郷。	白村江に唐軍と会戦、日本軍大敗。百済滅ぶ。
六六四	三	内政の充実を図り、新冠位二十六階、氏上・民部・家部を定む。対馬・壱岐・筑紫に防人・烽を置き、外冠に備う。	
六六五	四	間人太后崩。	
六六六	五	百済の男女二千人を東国に置く。	第五回遣唐使。
六六七	六	近江大津宮に遷都 ― 額田王の歌（一七・一八）。	
六六八	七	中大兄即位。近江令の制定（家伝・弘仁格式序）。大海人皇子皇太子に。蒲生野に遊猟の時額田王の歌（二〇）。皇弟の答歌（二一）。	唐・新羅、半島を統一。
六六九	八	葛野王生まる。春秋判別の歌（一―一六）。鎌足薨。	第六回遣唐使。
六七〇	九	庚午年籍。法隆寺炎上。この頃、大学寮の設置など、唐の制度文物の摂取しきり。額田王と鏡王女の相聞歌（四八八・四八九）。	
六七一	一〇	大友皇子太政大臣となる。大海人皇子、東宮を辞して吉野に入る。	

六七二	弘文？	天智天皇崩46――後宮女性の挽歌群（一四七―一五五）。壬申の乱。近江軍敗れ、大友皇子自経25。大海人	
六七三	天武一	皇子即位、飛鳥浄御原宮に遷都。大伯皇女伊勢斎宮となる。	
六七四	三	十市皇女伊勢神宮参詣―吹黄刀自の歌（二二）。	
六七六	五		新羅と修交。
六七八	七	十市皇女薨33？―高市皇子の挽歌（一五六―八）。	
六七九	八	皇后と吉野に幸し、六皇子と誓盟。	
六八一	一〇	飛鳥浄御原令の制定に着手。草壁皇子皇太子となる。川島皇子達をして歴史の撰修に当たらしむ。中臣大嶋・平群子首筆で録す。	
六八二	一一	氏上を定む。	
六八三	一二	鏡王女薨。	
六八四	一三	八色の姓を定む。	
六八六	朱鳥一	天武天皇崩56―持統天皇の歌（一五九―六一）。皇后称制。大津皇子刑死24（四一六）―大伯皇女の歌（一〇五―六、一六三―六）。山辺皇女殉死。	
六八九	持統三	草壁皇子薨―柿本人麻呂の挽歌（一六七―七〇）、舎人等の歌（一七一―九三）。以後人麻呂の作歌活動著し。	

六九〇	四	持統即位。中臣大嶋、神祇伯として天神寿詞を読む。浄御原令を実施。高市皇子太政大臣となる。庚寅戸籍を作る。	百済・新羅人多く帰化。
六九一	五	大嘗祭のため、中臣朝臣大嶋天神寿詞を読む。	
六九三	七	弓削皇子の古を恋ふる歌（一一一）。額田王のほととぎすの歌（一一二）。松の柯を賜わりし時、額田王の奉り入る歌（一一三）。	（贈答の時期は未詳）
六九四	八	藤原宮に遷都—藤原御井の歌（五二・五三）。	遣新羅使。
六九五	九	この前後、吉野行幸しきり（関係歌多し）。	
六九六	一〇	高市皇子薨—人麻呂の挽歌（一九九—二〇二）。	
六九七	文武一	持統天皇は譲位、太上天皇と称す。軽皇子即位して、文武天皇15。	
六九九	文武三	弓削皇子の友人春日王卒。七月弓削皇子薨。十二月、弓削の生母大江皇女薨。	
七〇〇	四	三月、道昭和尚没し、火葬。	
七〇一	大宝元	三月、管制の改革。八月、三品の刑部（忍壁）親王、正三位藤原朝臣不比等らに律令の選定が命ぜられていたのが完成した。太上天皇の紀伊に幸す—（五四—五六、一四六）。大宝律令なる。大伯皇女薨。	首皇子（聖武）誕生。光明子（光明后）誕生。遣唐使（山上憶良小録）。道慈（額田氏。額安寺住職）渡唐。

七〇二	二	新律令を施行。十月、太上天皇、東海道巡幸。十二月、太上天皇崩58。	
七〇三	三	十二月、太上天皇を飛鳥岡に火葬。大内陵（天武陵）に合葬す。	刑部親王、知太政官事となる。
七〇五	慶雲二	十二月、葛野王卒37。	五月、刑部親王薨。
七〇七	四	近江荒都を過ぎし時の人麻呂の歌（一九～三一）。文武天皇崩25。七月、文武の生母阿閇皇女、即位して元明天皇となる。十一月、文武天皇の遺体を飛鳥岡に火葬し、桧隈安古岡上陵に葬る。	穂積親王、知太政官事となる。
七〇八	和銅元	武蔵国秩父郡より和銅が献上され改元。三月、不比等右大臣。四月、柿本猨卒。	八月に初めて銅銭を用いる（和銅開珎）。
七一二	五	四月、長田王を伊勢・斎宮に遣す時、山辺の御井にして作れる歌（八一－三）。	一月、太安万侶が『古事記』を撰上する。
七一三	六	信濃国の歌（防人の歌）（三三九九）。	『風土記』の編纂を命ず。
七一五	八 霊亀元	四月、草壁皇太子のため粟原寺を建立。九月、天皇譲位して、氷高内親王が即位して、元正天皇となる。	

主要参考文献

日本古典文学大系『萬葉集』全四巻、岩波書店（１９８４）24刷
青木生子ほか校注『新潮日本古典集成萬葉集』全四巻、新潮社（１９８２）
沢瀉久孝『万葉集注釈』全二十巻、中央公論社（１９６８）初版
中西進校注『万葉集』全四巻、講談社文庫（２００１）18刷
佐佐木信綱編『新訓万葉集』上下ワイド版、岩波書店（１９９１）
伊藤博校注『万葉集』上下巻、角川書店（１９９８）18刷
久松潜一監修『萬葉集講座』全六巻、有精堂（１９７３）
中西進企画『万葉の歌・人と風土』全十五巻、保育社（１９８６）
坂本太郎ほか校注日本古典文学大系『新装版日本書紀』上下巻、岩波書店（１９８４）19刷
日本古典文学大系『古代歌謡集』岩波書店（１９６４）8刷

日本古典文学大系『懐風藻』岩波書店（1964）初版
梅原猛『塔』集英社（1982）
中西進『傍注万葉秀歌選』全三巻、四季社（2003）
谷馨『額田姫王』紀伊国屋書店（1980）
神田秀夫『初期万葉の女王たち』塙新書（1977）
山本藤枝『額田王』講談社（1979）
北山茂夫『壬申の内乱』岩波書店（1989）
直木孝次郎ほか校注『続日本紀』全四巻、平凡社（1988）
大畠清『万葉人の宗教』山本書店（1979）
上田正昭『日本古代国家論究』塙書房（1977）
著作集編集委員会編『坂本太郎著作集　古事記と日本書紀』吉川弘文館（1988）
大島建彦校注新潮日本古典集成『宇治拾遺物語』新潮社（1998）
土橋寛『持統天皇と藤原不比等』中公新書（1994）

宇治谷孟『日本書紀全現代語訳』上下巻、講談社学術文庫（2003）32刷
服部喜美子『万葉女流歌人の研究』桜楓社（1985）
伊藤博・稲岡耕二『万葉集を学ぶ』全八巻有斐閣（1997）
上田正昭『藤原不比等』朝日選書（1993）
東光治『萬葉動物考』有明書房（1986）
文芸読本『万葉集』河出書房新社（1979）
秋本吉郎校注『日本古典文学大系風土記』岩波書店（1988）32刷
直木孝次郎『古代国家の成立』中央公論社（1979）
『保田與重郎選集』第三巻、講談社（1971）
『藤原宮 ―半世紀にわたる調査と研究―』奈良国立文化財研究所飛鳥資料館（1984）
『発掘された古代の在銘遺宝』奈良国立博物館（1989）
木村至宏編『近江の山』京都書院（1988）
毎日新聞奈良支局編『大和の塔』創元社（1973）

Sören Kierkegaard : Stadien auf des Lebens Weg（ヒルシュ訳）（人生行路の諸段階）（１８４５）
Sören Kierkegaard : Einübung im Christentum（ヒルシュ訳）（キリスト教の修練）（１８５０）
拙著『情念の哲学』北樹出版（１９８６）初版

【わ】

【か】

【さ】

【た】

【な】

【は】

引用歌索引

関連項目と引用歌索引

関連項目の索引

著者プロフィール

宮地 たか（みやじ たか）

1929年　愛知県知多郡の生まれ。天理市在住。
1953年　京都外国語短期大学卒業。
1955年　龍谷大学文学部哲学科卒業。
1958年　京都大学大学院修士修了（宗教学）。
1964年　京都大学大学院博士課程単位取得。
1965年　奈良文化女子短期大学常勤講師・教授（宗教・哲学）。
2003年３月　奈良文化女子短期大学退官。名誉教授。
　天理市山の辺文化会議理事。
著書・論文
『情念の哲学』（北樹出版）、『扶桑樹呻吟記―壬申の乱―』（日本教育センター）、『渓聲西谷啓治』（上）回想編共著（燈影社）、『天平の女』（勉誠社）、『哲学への道』（北樹出版）、『やまと・万葉の花』共著（京都書院アーツコレクション）編集シーグ出版株式会社、『山の辺の歴史と文化を探る』山の辺文化会議編共著、『万葉の動物たち』（渓水社）、『倫理と宗教の間――カントとキェルケゴールに関連して――』（渓水社）。
「詩の解釈学―記紀・万葉の世界」「古代ギリシャの神々」「万葉人の宗教性について」その他論文多数。

生への情念を探る――もうひとつの額田王論――

2012年10月15日　初版第１刷発行

著　者　宮地 たか
発行者　瓜谷 綱延
発行所　株式会社文芸社
　　〒160-0022　東京都新宿区新宿1－10－1
　　電話　03-5369-3060（編集）
　　　　　03-5369-2299（販売）

印刷所　株式会社平河工業社

ISBN978-4-286-12562-6